Sang chaud, nerfs d'acier

DU MÊME AUTEUR

Le Lièvre de Vatanen, 1989
Le Meunier hurlant, 1991
Le Fils du dieu de l'Orage, 1993
La Forêt des renards pendus, 1994
Prisonniers du Paradis, 1996
La Cavale du géomètre, 1998
La Douce Empoisonneuse, 2001
Petits suicides entre amis, 2003
Un homme heureux, 2005
Le Bestial Serviteur du pasteur Huuskonen, 2007
Le Cantique de l'apocalypse joyeuse, 2008
Les Dix Femmes de l'industriel Rauno Rämekorpi, 2009

Arto Paasilinna

Sang chaud, nerfs d'acier

roman

Traduit du finnois par Anne Colin du Terrail

DENOËL
& D'AILLEURS

Titre original :
Kylmät hermot, kuuma veri

Éditeur original :
WSOY, Helsinki

1

Le songe de la sorcière

Quand une chamane entre en transe sur une mer en furie, le monde est pris de vertige. Les mouettes heurtent les vagues et les sternes sanglotent.

En cette venteuse journée d'automne de 1917, la harengère, accoucheuse et devineresse Linnea Lindeman relevait ses nasses dans la baie de Botnie. Avec ses trois verveux et sa chaloupe phoquière de trente pieds, elle pêchait en général sur les hauts-fonds de Trullögrundet, à six milles au nord d'Ykspihlaja. Elle avait pris la mer de bon matin. Au fil de la journée, le vent avait forci, mais Linnea n'avait pas peur du gros temps, elle aimait les puissantes tempêtes d'équinoxe. Sur le chemin du retour, elle posa les rames et laissa sa barque dériver vers son port d'attache, vent en poupe, sur les vagues crêtées d'écume.

Soudain son corps robuste fut pris de tremblements. Elle ferma les yeux et entra en contact avec la face cachée de la réalité. Telle la lumière d'un phare, son esprit balaya l'étrange océan secret de la clairvoyance. Une certitude la frappa, issue des hauteurs insondables du ciel, jaillie des nuées d'orage sous les traits d'une orfraie, d'un immense aigle de mer bicéphale ! L'oiseau était porteur d'un envoûtant message, avec deux dates précises. Le 8 janvier suivant, Linnea aiderait à mettre au monde un garçon. Et ce garçon ne mourrait qu'à l'été 1990. Quand une chamane s'endort, son cerveau reste en éveil.

Linnea Lindeman habitait le village d'Ykspihlaja — port extérieur de la ville de Kokkola —, au coin des rues de l'Archipel et de la Mare. Sa maisonnette était bien située, à deux pas de la mer. Derrière quelques villas bourgeoises s'ouvrait le bassin de Potti où elle amarrait sa chaloupe phoquière. Au nord se trouvaient les quartiers d'habitation, la nouvelle Maison du peuple et, derrière, un profond petit lac d'eau douce. À cinquante ans, Linnea était déjà veuve. Elle pêchait la plupart du temps avec son amie Hanna, qui habitait à Kokkola avec son époux, le marchand Tuomas Kokkoluoto. Hanna avait été institutrice à Ykspihlaja, avant son mariage et même après, pendant quelques années, mais à la suite de ses premières grossesses, elle avait renoncé à travailler. Elle attendait d'ailleurs à nouveau un bébé dont la naissance était prévue pour Noël ou au plus tard en janvier. La famille comptait déjà cinq enfants, deux garçons et trois filles. Il était hors de question, pour une femme enceinte de sept mois, de manier les rames de la lourde barque de Linnea.

Au fond de la chaloupe de la harengère frétillait une belle pêche, près de cent kilos de gros poissons pris dans ses trois verveux. Elle pensait en saler une partie pour l'hiver et écouler le reste sur le marché de Kokkola, ou plus exactement le donner à vendre à Hanna, que son état n'empêchait pas encore de tenir un étal.

Après avoir longé l'îlot de Nälkäkari, Linnea dirigea sa chaloupe lancée à pleine vitesse vers le bassin de Potti. L'enfant qu'attendait Hanna était un garçon, elle le savait maintenant, car c'était de lui qu'elle venait de rêver. Un moutard bien portant, qui deviendrait un habile pêcheur ou pour le moins un bon commerçant. La devineresse évalua l'âge auquel il mourrait. Plus de soixante-dix ans. Elle devait courir téléphoner à Hanna et lui demander de calculer sa durée de vie exacte. Elle avait pris bonne note de la date de naissance du bébé, au début de l'année, le 8 janvier, et avait aussi clairement vu sa mort : par une chaude journée d'été, un élégant vieillard se tenait assis au bout d'une somptueuse table de banquet, recevant dans la bonne humeur une foule d'invités.

Linnea Lindeman laissa le vent du large pousser sa barque dans le bassin de Potti, doublant la grande maison de Mölylä et la pointe de Jolula, à l'est, avant de s'amarrer à l'appontement du bas de la rue de la Mare. Là, elle rangea ses poissons dans de grands paniers en pin et, après être allée chercher sa brouette dans son jardin, les transporta dans sa cave. Cela fait, elle se lava les mains et courut frapper à la porte de derrière de la belle villa de son voisin Hurskainen. On la fit aussitôt entrer dans la cuisine. Linnea posa sur l'évier un demi-boisseau de poisson frais et demanda à la bonne, Sonja, de téléphoner en ville à la boutique de Tuomas et Hanna Kokkoluoto. C'était important. Sonja fila au salon, mais annonça à son retour que personne ne répondait au magasin. Elle promit de réessayer dans une heure. En attendant, elle fit du café — Hurskainen était lui aussi absent. L'ingénieur en chef de la scierie d'Ykspihlaja était à Vaasa, où se préparaient de grandes choses.

Les temps étaient troublés. À Ykspihlaja, les grèves s'étaient multipliées tout au long de l'automne. On parlait de mettre sur pied une milice ouvrière afin de protéger le port et la ville de Kokkola. Des gardes rouges avaient déjà été formées à Helsinki et à Tampere. Le bruit courait que des milliers de soldats finlandais entraînés en Allemagne au sein d'un bataillon de Jäger s'apprêtaient à débarquer à Vaasa afin de chasser du pays les troupes russes qui y traînaient encore. Le but était paraît-il de constituer une puissante armée blanche destinée à préserver de la contamination bolchevik la Finlande fraîchement indépendante. Des deux côtés, on se préparait à la guerre, et beaucoup l'attendaient avec impatience.

Sonja vida les poissons puis servit le café sur la table de la cuisine, accompagné de petits pains aux raisins. Linnea la connaissait bien, elle lui avait prédit une existence heureuse, malgré le destin plutôt noir qui l'attendait en réalité. La voyante n'avait pas eu le cœur de lui révéler la triste vérité. Une heure plus tard, on essaya de rappeler les Kokkoluoto. Toujours pas de réponse. Peut-être la ligne était-elle coupée, les téléphonistes faisaient souvent grève ces temps-ci.

Les deux femmes avaient beau être seules dans la grande villa, Sonja baissa la voix. Linnea ne pourrait-elle pas utiliser son don de voyance pour lui dire quel genre de mari l'avenir lui réservait ? Ce n'étaient pas les candidats qui manquaient, plus empressés les uns que les autres, mais comment une jeune fille sans expérience pouvait-elle savoir avec qui s'engager pour la vie ?

La devineresse réfléchit avant de parler. Dans un domaine aussi sensible, la sagesse s'imposait. Elle ferma les yeux et décrivit le futur époux de Sonja. Brun, grand, natif de Kemi, matelot à bord d'un bateau qui transportait du bois d'œuvre jusqu'en Allemagne et en Angleterre. Encore jeune, guère plus de vingt ans.

« Il boite un peu, mais pour le reste c'est un garçon solide et facile à vivre.

— Ivrogne ? souffla Sonja.

— Ni buveur ni joueur, mais pas non plus très pieux. »

La jeune fille était curieuse de savoir comment s'appelait ce mystérieux fiancé, mais Linnea déclara ne rien pouvoir prédire d'aussi précis en matière d'hommes. Sonja découvrirait sûrement son nom en temps utile. Mieux valait, pour ce genre de questions, ne pas se précipiter.

« Il porte un pantalon à la hussarde, une veste verte, de belles bottes. Non seulement il est travailleur, mais il te sera fidèle quand vous vous serez trouvés. Vous aurez six enfants et tu auras mon âge avant d'être veuve. »

Linnea ne put s'empêcher de prêter au promis de la naïve Sonja d'autres traits séduisants. Elle lui confia qu'il avait un grand et beau nez sous lequel il cultivait une épaisse moustache. L'été, il se coiffait parfois d'un élégant panama. Il avait un accordéon, mais n'en jouait pas très bien.

Tout heureuse, la bonne courut à nouveau au salon

tourner la manivelle du téléphone. Cette fois, le marchand Tuomas Kokkoluoto décrocha. C'était un homme de taille moyenne, soigné et de belle prestance. La voix calme, le regard perçant. Il portait un costume gris, un nœud papillon assorti et des bottes soigneusement cirées.

Sonja demanda à parler à Mme Kokkoluoto. Linnea Lindeman, d'Ykspihlaja, avait à l'entretenir d'une affaire de la plus haute importance. Tuomas monta chercher sa femme dans leur appartement au-dessus de la boutique. Il la trouva jouant à colin-maillard dans la cuisine avec les enfants. Toute la famille était à quatre pattes sur le plancher, riant à perdre haleine.

« Arrêtez ! Hanna, il y a cette sorcière qui te demande au téléphone », grommela Tuomas d'un air faussement sévère, mais tous savaient qu'en réalité il n'était pas fâché pour deux sous. Il aida sa femme à se relever et en profita pour la serrer dans ses bras. Malgré sa grossesse, Hanna Kokkoluoto était d'une saisissante beauté. Avec ses fossettes et ses dents blanches, son visage dégageait un charme infini. Sa voix chaude était pleine de sagesse. Elle était aussi intelligente, et drôle.

La devineresse débordait d'enthousiasme :

« C'est Linnea, j'ai une bonne nouvelle ! En revenant de la pêche, j'ai vu en rêve que ton bébé naîtrait le 8 janvier et que ce serait un garçon ! »

Elle ne voulait pas s'étendre au téléphone sur des questions aussi capitales, mais, si Tuomas n'y voyait pas d'inconvénient, elle pourrait venir en ville par le premier train du matin afin d'apporter à Hanna du poisson à vendre et, par la même occasion, lui en dire plus sur l'enfant.

Le lendemain matin à huit heures, un train en provenance des docks, composé d'une unique voiture de passagers suivie d'une demi-douzaine de wagons de marchandises, s'arrêta à la gare d'Ykspihlaja. Linnea l'attendait depuis déjà un moment avec son panier de poisson. La matinée d'automne était belle, la tempête de la veille s'était calmée, le soleil se levait et de la mer soufflait une fraîche brise salée. La locomotive lâcha sur le quai un nuage de vapeur. Il exhalait une odeur excitante, à la fois chaude et humide, empreinte de force tranquille.

Le contrôleur fit remarquer pour la énième fois que les poissons malodorants étaient interdits dans les voitures de passagers et devaient être transportés dans les wagons de marchandises. Linnea lui glissa sous le bras un brochet de trois kilos qu'elle avait débarrassé de ses arêtes et emballé avec soin dans une corbeille en écorce de bouleau. Satisfait, le cheminot hocha la tête, accompagna la voyageuse à sa place et porta de ses mains son panier de poisson dans le vestibule de la voiture. C'était toujours ainsi qu'il procédait avec elle, sans même vérifier son billet.

Les gares d'Ykspihlaja et de Kokkola n'étaient distantes que de sept kilomètres. Linnea ferma les yeux et tenta de se concentrer sur des interrogations féminines, sur le futur petit garçon de Hanna et sur la vie conjugale de la bonne de Hurskainen, mais il ne lui vint sur le moment aucune vision sur ces questions. Bientôt le train siffla et s'arrêta dans un bruit de ferraille à la gare de Kokkola.

La petite bonne, Sonja, se maria l'été suivant avec un jeune matelot de Kemi. Il souffrait d'une légère claudication, ressemblait trait pour trait — y compris la moustache ornant sa lèvre supérieure — à la description de Linnea, s'essayait à jouer de l'accordéon et possédait même un panama. Mais il avait mauvais fond, était paresseux et, dans l'intimité, d'une terrible jalousie. Quand il avait bu, il battait sa jeune épouse. La famille vécut dans la pauvreté, les enfants étaient souffreteux, la maisonnée miséreuse. Ce bon à rien se fit heureusement tuer dès la deuxième semaine de la guerre d'Hiver, en 1939, lors de la contre-offensive de Suomussalmi.

2

Dans la boutique de Tuomas Kokkoluoto

L'épicerie-bazar de Tuomas Kokkoluoto était petite et accueillante. Le comptoir mesurait à peine trois mètres de long. Par la fenêtre à six carreaux, on apercevait la place du marché de Kokkola et deux coins de rue. Pour seuls meubles, un banc à l'entrée et un second sous la croisée. Sur les étagères, dans le dos du marchand, s'alignaient en bon ordre des pains de sucre et des paquets de farine, avec de l'autre côté des harnais, des bottes de cuir, quelques outils et une cloutière. Sur le comptoir voisinaient une pile de papier d'emballage gris et deux balances, l'une ordinaire, l'autre romaine, à crochet et contrepoids, munie d'une tige de un mètre, ainsi qu'une série de poids.

À l'arrière, une grande pièce servait de réserve et de bureau et, à l'étage, deux pièces d'habitation laissaient échapper un brouhaha de jeux d'enfants et de petits pieds énergiques frappant le plancher. Il y avait aussi, donnant sur une cour intérieure commune, une écurie où le marchand gardait son cheval et deux ou trois moutons, ainsi qu'une remise abritant, outre une charrette et un traîneau, quelques tonneaux de vivres, de la viande salée, du saumon et des sacs de farine pendus aux poutres à l'abri des rats.

Le magasin était ouvert quand Linnea y arriva de la gare avec son panier de poisson. Il était tôt, mais une dizaine de dockers en grève d'Ykspihlaja avaient déjà eux aussi trouvé le chemin de la ville. Ils étaient assis à tuer le temps dans la boutique des Kokkoluoto. C'était un bon endroit pour discuter des grands sujets qui agitaient le pays. Il y avait bien aussi des commerces à Ykspihlaja, dont un en bord de mer, en plus de l'épicerie-bazar de Salonen, sur le port, près de la villa des Pohjanpalo, mais avec la grève en cours, il n'était pas mauvais, au moins de temps à autre, d'aller traîner ses guêtres en ville, ne serait-ce que pour humer l'ambiance.

Les dockers parlaient avec enthousiasme de la prise du pouvoir par le prolétariat opprimé et de la nouvelle ère communiste dont l'avènement n'était qu'une question de temps et de volonté.

Ces propos incendiaires firent sourire Linnea Lindeman et Hanna Kokkoluoto. Cette dernière lança même aux grévistes qu'ils feraient mieux de s'embaucher comme hommes de pont sur le prochain bateau en partance vers des pays plus tranquilles — loin en Afrique ou en Amérique, par exemple, où ils n'auraient pas à craindre la guerre. On y avait mené sans trêve tant de combats, depuis des milliers d'années, qu'il y en avait maintenant pénurie.

Les dockers, bien que vexés d'être pris pour des imbéciles puérils et ignorants, n'osèrent pas protester en présence du marchand et de la chamane — d'autant plus que l'ancienne institutrice était d'une beauté troublante.

Tuomas Kokkoluoto leur demanda s'ils avaient l'intention d'acheter quelque chose ou s'ils étaient juste là pour bavasser au chaud et déranger les clients sérieux. Les hommes avouèrent qu'ils n'avaient pas d'argent, mais qu'ils auraient bien aimé, si possible, lui prendre un peu de pain et de poisson salé qu'ils paieraient une fois la grève finie.

Le marchand leur emballa trois miches de seigle et remplit un cornet de papier d'un kilo de lavarets. Contents, les dockers quittèrent la boutique. Sur le perron, ils sortirent leurs couteaux pour se couper des tranches de pain, piochant avec les doigts dans le poisson. Ils étaient affamés. Dans l'aube automnale, ils ressemblaient avec leurs vestes grises à des aigles de mer dévorant une charogne. Ils rêvaient de connaître bientôt des temps où ils n'auraient pas à mendier de quoi manger.

Il ne resta vite rien du pain et des lavarets. Les hommes nettoyèrent leurs couteaux d'un coup de langue, les remirent dans leur gaine et reprirent le chemin d'Ykspihlaja, traversant le marché d'un pas mal assuré.

Un instant plus tard, on frappa à la porte. L'instituteur principal Oskari Pihlaja, que Hanna connaissait pour avoir enseigné à ses côtés dans sa jeunesse, entra dans la boutique, jetant à la ronde un regard un peu inquiet. À Ykspihlaja, on avait vite affublé le sévère maître d'école du sobriquet de Pihlaja le Simple, afin d'éviter toute confusion entre son nom et celui de la localité.

« Ils sont partis ? »

L'instituteur grisonnant savait très bien que la bande de dockers s'était éloignée dans la fraîche matinée d'automne.

Il raconta les avoir vus manger dans la rue comme des chiens errants, osant même rire aux éclats du jobard qui les avait nourris gratis.

Hanna fit remarquer que les grévistes avaient promis de payer leur pain et leur poisson, sans compter qu'ils étaient affamés.

L'instituteur principal répliqua qu'au lieu de traîner en ville, cette racaille aurait mieux fait de rester à travailler à Ykspihlaja. Le pays entier souffrait de pénuries, ce n'était pas le moment de bloquer pour rien les bateaux dans les ports. Il jeta un coup d'œil éloquent sur le ventre proéminent de son ancienne collègue, d'où ne tarderait pas à sortir un enfant. Il fallait penser aux générations futures. Le destin de la nation était en jeu. La Finlande venait à peine d'échapper à l'humiliante domination de la Russie, et voilà que ces enragés de bolcheviks s'acharnaient à détruire tout ce que l'on avait réussi à bâtir au prix d'immenses sacrifices. Contre le tsar, la résistance passive et la haine secrète n'avaient pas suffi, il avait fallu recourir à la force.

L'instituteur se souvenait encore de la fête des étudiants d'Ostrobotnie, quelques années plus tôt à Helsinki, dans la salle Porthania. Il y était présent, en qualité de représentant de la ville de Kokkola, et avait gardé gravé dans son cœur le discours solennel prononcé par le professeur Kaarlo Kalliala. Ce dernier avait évoqué l'héroïsme des générations passées, la main serrée sur une antique épée ayant appartenu à un étudiant de leur province qui avait combattu l'ennemi héréditaire pendant la grande guerre du Nord, au début du XVIIIe siècle.

« Malgré de nombreux et méritoires témoignages de sympathie, le front du pacifisme s'est éteint de sa belle mort. »

Hanna et Linnea trouvèrent l'instituteur bien lyrique. Sans laisser leur remarque doucher son ardeur, Pihlaja le Simple poursuivit :

« Je vois dans la jeunesse d'aujourd'hui une génération sans tache, vouée corps et âme à la cause de la patrie. Vous verrez ses éléments les plus sains, ses soldats formés au cœur de la haute civilisation allemande, se dresser les armes à la main pour éduquer et instruire militairement la nation entière ! L'heure sera alors enfin venue de mettre au pas la racaille rouge qui persiste à menacer le glorieux avenir de la blanche et pure Finlande.

— Amen, grommela Hanna en conclusion de la harangue de l'instituteur.

— Exactement ! Amen et mille fois amen ! »

La boutique commençait à se remplir. Hanna et Linnea prirent le chemin du marché avec leur panier de poisson. La voyante tenait enfin l'occasion de raconter son rêve prémonitoire de la veille. Elle décrivit le bébé, ses petits gestes, ses mains potelées et ses yeux bleus. Puis elle expliqua qu'elle l'avait aussi vu adulte, ou plus exactement dans sa vieillesse, présidant un somptueux banquet. Elle avait retenu l'année et la saison de sa mort. Hanna calcula que son fils vivrait plus de soixante-dix ans, si l'on en croyait l'étrange prédiction de Linnea.

« Tu en doutes ? Ce serait bien la première fois que mes songes mentiraient, et celui-là était d'une netteté incroyable, avec des dates comme dans un calendrier. »

Hanna déclara faire confiance aux visions de Linnea. Ce serait un bonheur si l'enfant était bien portant et vivait vieux.

Au marché, les deux femmes disposèrent leur marchandise sur l'étal d'un vieux poissonnier de leurs amis, Hans Tallbacka. Linnea possédait certes sa propre patente et sa table à tréteaux, mais elle jugeait inutile de la sortir de la remise de la halle pour un seul panier de poisson. Tout fut vendu avant midi et les harengères se séparèrent. Hanna rentra chez elle tandis que Linnea s'en allait à la gare attendre le train de l'après-midi. Toutes deux se réjouissaient de savoir que le garçon qui naîtrait en janvier serait en bonne santé et vivrait longtemps, surtout à l'heure où le pays menaçait d'être pris dans le tumulte de sanglants bouleversements.

3

Naissance d'un garçon

Le matin du premier mardi de l'an neuf, le vent était au nord-ouest et le froid glacial. Les miliciens de la Garde civique qui s'étaient rassemblés sur la place du marché de Kokkola, vêtus d'uniformes gris et de brassards blancs, se dispersèrent par groupes de trois pour ratisser la ville, quartier par quartier et maison par maison. Ils cherchaient des armes et des écrits révolutionnaires. Un premier groupe se présenta devant la demeure du marchand Tuomas Kokkoluoto peu après l'ouverture de la boutique. Le trio était commandé par l'instituteur Oskari Pihlaja. Sans prendre cette fois la peine de frapper à la porte ou de faire des salamalecs, il exigea de visiter toutes les pièces, y compris la remise et l'écurie de la cour.

« Toute arme illicite sera confisquée et toute rébellion sévèrement punie. »

Hanna fixa sans ciller son ancien collègue.

« Imbécile ! Débarrasse-moi tout de suite le plancher. »

Malgré les protestations de la belle marchande enceinte, les miliciens fouillèrent de fond en comble la maison. Ils ne trouvèrent cependant pas d'autre arme qu'un couperet de boucher — en plus du fusil à phoques à long canon pendu au mur de l'arrière-boutique que Tuomas Kokkoluoto décrocha de son clou en déclarant qu'on ne le lui prendrait pas. La saison de la chasse au veau marin approchait. En tant que père de famille, il ne pouvait pas se permettre de se séparer d'une arme aussi coûteuse, et n'en avait d'ailleurs aucune obligation. C'était un lourd fusil Lebel, conçu d'après un modèle autrichien. L'armée française l'avait adopté en 1887 et, grâce à son excellente précision à longue distance, il était parfait pour tirer les phoques. Le père de Tuomas l'avait acheté dans le temps à une vente aux enchères. Il avait paraît-il servi à tuer un millier d'hommes pendant la guerre russo-turque, mais on pouvait en douter car il était encore comme neuf. Tuomas attrapa sur l'étagère d'angle de l'arrière-boutique quelques cartouches de huit millimètres qu'il chargea dans le magasin du Lebel, l'arma et ordonna aux gardes blancs de vider les lieux. Le visage crayeux, ils battirent en retraite. Le marchand les suivit sur le perron et appuya sur la détente. Le puissant grondement du fusil à phoques accéléra la fuite des hommes en gris, dont les autres patrouilles conclurent qu'elles avaient elles aussi assez perquisitionné pour cette fois. Mais l'affaire n'en resterait pas là, jurèrent les miliciens en s'en allant.

Dans la soirée, alors que le crépuscule était déjà tombé sur la ville, Hanna annonça à son mari que le bébé semblait avoir décidé de venir au monde. Il fallait atteler le cheval pour aller à Ykspihlaja chez Linnea Lindeman, car elle risquait de perdre bientôt les eaux. On téléphona à la villa de Hurskainen afin de demander à Sonja d'avertir l'accoucheuse.

C'était déjà le sixième enfant de la famille, mais Tuomas Kokkoluoto était anxieux. Obéissant aux ordres de sa femme, il courut à l'écurie, où tout était prêt : il jeta le collier sur le cou du hongre, qui s'appelait Tord-boyaux, et sortit le traîneau garni à l'avance d'une épaisse couche de foin et de plusieurs couvertures de fourrure. Le cheval dans les brancards, et en route avec Hanna et le grand panier en pin dans lequel elle avait depuis longtemps disposé tout le nécessaire, des langes de bébé aux serviettes. L'attelage s'engagea dans le passage menant de la cour à la rue, Tuomas raccourcit les rênes et Tord-boyaux s'élança au trot dans un tintement de grelots.

« Je lui fais prendre le galop ? demanda le marchand.

— Non, laisse, il n'y a pas d'urgence », le tranquillisa son épouse.

Il y aurait bien eu une sage-femme et des médecins à l'hôpital municipal de Kokkola, mais Hanna avait pris l'habitude de donner naissance à ses enfants à Ykspihlaja, chez l'accoucheuse qu'elle connaissait depuis longtemps et en qui elle avait toute confiance. Elle ne voulait pas mettre son bébé au monde dans une sinistre maternité pleine de courants d'air, sous les yeux d'une sage-femme revêche. Elle ne prétendait pas faire la fine bouche, mais Linnea Lindeman était plus compétente et mieux équipée que l'hôpital municipal.

« Une harengère et une sorcière, grommela Tuomas.

— Une femme sensée, et bien conservée pour une veuve de plus de cinquante ans », rétorqua Hanna.

La route d'Ykspihlaja, qui n'avait pas été sablée, était recouverte d'une couche de neige durcie, idéale pour l'attelage. Tord-boyaux trottait gaiement, visiblement ravi de cette course nocturne. Dans le traîneau, les Kokkoluoto bavardaient à voix basse, calmes et sereins. Rien ne pressait, d'après Hanna.

Elle fit remarquer que le hongre portait un nom plutôt malsonnant et qu'il serait bon de le rebaptiser. Mais son mari ne voulait rien entendre. Il l'avait acheté un an plus tôt à des Tziganes, à la foire aux chevaux d'Ylivieska. Une bête exceptionnelle, et un prix en conséquence. Tuomas n'avait appris que plus tard que les vendeurs lui avaient versé de la gnôle dans les oreilles pour lui donner plus de fougue, d'où son nom. C'était au fond un cheval placide et docile, mais il ne supportait pas les ivrognes. Il n'avait d'ailleurs pas à en côtoyer, car en dehors de lui, le marchand ne touchait à aucun tord-boyaux.

« Schnaps ou Brandy serait quand même plus seyant », insista Hanna.

Le hongre trottait d'un pas égal, comme s'il avait été conscient de l'importance de l'affaire. Il perçait une pointe de recueillement dans les voix de l'homme et de la femme assis dans le traîneau. La naissance et la mort font partie des grands moments de la vie. Il s'agissait maintenant de mettre au monde un nouvel être humain, un enfant, garçon ou fille.

« Pourvu qu'il soit bien portant, soupira Tuomas.

— Il le sera, Linnea me l'a promis », le rassura Hanna, confiante.

Les flammes d'un brasier éclairaient d'une lumière vive le jardin de la maisonnette de l'accoucheuse, signe qu'elle était prête. Elle avait sans doute entendu tinter les grelots du cheval car elle sortit sur le pas de la porte pour accueillir Hanna et Tuomas. Ils entrèrent vite dans la salle. Un feu de bois flambait joyeusement dans la cheminée. Sur la plaque du fourneau chantonnait une grande casserole nickelée pleine d'eau bouillante. Une jeune mère portant dans ses bras un enfant langé de frais sortit de la chambre. Linnea la présenta et expliqua qu'elle avait accouché dans la matinée d'un petit garçon.

« Liisu habite Öja, tu pourras la ramener chez elle, Tuomas, ça lui évitera d'avoir à payer la course, c'est cher. »

Plissant les lèvres, le poupon cherchait le sein. Liisu se tortilla, rougissante mais heureuse. Elle n'avait pas de mari, mais elle avait au moins un beau bébé tout à elle.

Dans la chambre servant de salle d'accouchement, divers instruments professionnels étaient rangés en bon ordre sur une desserte : des pinces, de grands et de petits ciseaux, des serviettes, du fil. Le lit, au milieu de la pièce, était garni de draps de lin propres, de douillettes peaux de phoque et, à sa tête, de deux gros oreillers en duvet d'eider. À côté se dressait une commode sur laquelle étaient posés plusieurs récipients pleins d'eau. Tout était propre et net. Linnea ne supportait pas le désordre et refusait que les mères mettent leur enfant au monde sur les gradins d'un sauna plein de suie, comme chez la plupart des matrones. La chambre était bien chauffée et avait été soigneusement aérée après l'accouchement de la matinée.

Hanna informa Linnea qu'elle avait pris soin de se laver, plus tôt dans la journée, et qu'il n'était plus nécessaire de s'inquiéter de cet aspect des choses.

Tuomas et Liisu se tenaient plantés debout dans la salle d'un air gauche. Linnea, prenant la direction des opérations, leur intima l'ordre de s'en aller. Elle n'avait pas le temps de leur servir du café ou de leur faire la conversation, car une nouvelle naissance était attendue.

« Pense à préparer de la soupe de poisson pour les enfants et achète du pain frais à la boulangerie Saarela », recommanda Hanna à son mari.

Le marchand et la jeune mère prirent congé. Linnea les accompagna dehors et déclara, dans la lumière du brasier qui éclairait le jardin :

« Demain matin à six heures au plus tard tu auras un fils, Tuomas, c'est écrit dans le ciel. Et toi, ma petite, je te souhaite tout le bonheur du monde ! Tu en auras, une fois la guerre passée. Tu trouveras un bon mari et tu seras une femme riche. »

Linnea installa Hanna dans le lit d'accouchement et vérifia que tout était prêt, mais comme elles avaient encore toute la nuit devant elles, les deux femmes papotèrent. Ce n'étaient pas les potins et les nouvelles qui manquaient. Linnea avait l'intention, après l'Épiphanie, de mouiller ses verveux du côté des récifs d'Ulkokrunni, le coin était connu pour être poissonneux en hiver. Elle n'avait que deux accouchements prévus en janvier, et encore, seulement à la fin du mois, et elle aurait donc le temps d'aller à la pêche.

Elles parlèrent des mystères de l'âme. Devinant d'avance la réponse, Hanna demanda pourtant à Linnea si elle croyait réellement elle-même à son don de voyance. L'accoucheuse expliqua qu'elle n'était pas vraiment une chamane ou une sorcière, juste une devineresse ordinaire, rien de plus. L'ancienne institutrice, en personne éduquée, était capable de porter un regard objectif sur ce genre de phénomènes, dont elle n'avait pas manqué d'entendre parler. Il n'y avait rien de surnaturel à pouvoir regarder le monde depuis les airs, d'où l'on avait une meilleure vue, et à connaître ainsi à l'avance certains événements. Nul besoin de recourir à la magie. Linnea raconta qu'il lui arrivait de compter un par un les phoques de chaque îlot de la côte. Elle voyait aussi avant qu'elles ne s'ouvrent les crevasses de la banquise et en avertissait au besoin les chasseurs de veaux marins.

Les deux femmes bavardèrent toute la nuit, aucune d'elles n'avait sommeil. Avant que l'aube ne pointe, elles s'interrompirent pour boire une tasse de café. Et alors que le brasier allumé dans le jardin n'était plus depuis longtemps qu'un tas de braises rougeoyantes, vint le moment de l'accouchement. Six heures sonnaient tout juste quand retentit dans la maisonnette le premier cri d'un garçon. Il était né à l'instant précis prédit par Linnea. Ni en avance, ni en retard.

4

Enterrement rouge

Hanna resta trois jours chez Linnea. C'était plus que ne l'aurait exigé l'accouchement, car le bébé se portait à merveille et elle-même ne souffrait d'aucune complication.

Le chemin de fer avait été amené à Ykspihlaja dès 1885, en raison de l'importante quantité de marchandises étrangères qui entraient dans le pays par ce port très fréquenté d'où l'on exportait aussi bon nombre de produits finlandais — du beurre, pour commencer, puis du bois, de la pâte et du papier. On avait aussi dès le début transporté des passagers entre Ykspihlaja et Kokkola. En période de pointe, le train, surnommé le Tortillard, faisait jusqu'à cinq allers-retours dans la journée entre la ville et le port, qui avait pour gare un élégant bâtiment en bois de style russe.

C'était de là que beaucoup de dockers et d'autres ouvriers communistes d'Ykspihlaja avaient justement décidé de partir se battre dans le Sud de la Finlande, où blancs et rouges s'affrontaient. Sur le quai, quelques hommes attachèrent au chasse-pierres de la locomotive un grand drapeau rouge sur lequel était brodé en lettres capitales le mot d'ordre des insurgés : LE PROLÉTARIAT VAINCRA ! LIBERTÉ ET FRATERNITÉ SONT NOTRE IDÉAL !

Linnea, Hanna et le bébé se trouvaient à la gare parmi la foule venue accompagner les hommes partant à la guerre. Il y avait au moins cinq cents personnes. La locomotive siffla plusieurs fois, comme si elle défendait elle aussi la cause du prolétariat. L'assistance entonna *L'Internationale*. Une jeune femme récita un poème de sa composition, menaçant d'une terrible vengeance les oppresseurs et les exploiteurs de la classe ouvrière. Trois gardiens de la paix sortirent d'un pas décidé du poste de police tout proche et ordonnèrent à la foule de se disperser. Personne n'obtempéra. Alors que le train s'ébranlait déjà, les agents, voyant le drapeau rouge en tête de la locomotive, l'arrachèrent d'un geste vif avant d'en déchirer le tissu et d'en briser la hampe de bois. L'assistance ne commença à se disperser à regret que quand le convoi eut disparu derrière le tournant de la rue du Chemin de fer. La jeune poétesse fut arrêtée et jetée en cellule. On apprit par la suite qu'elle avait fait l'objet de violentes menaces et n'avait eu droit, en deux jours, qu'à un quignon de pain moisi et une goutte d'eau croupie.

Ce soir-là, Hanna et Linnea restèrent longtemps assises dans la salle de cette dernière, la mine grave. La devineresse avait l'étrange certitude que tout cela finirait mal. Elle voyait des hommes se faire tuer et des milliers d'orphelins affamés sillonner le pays. Elle avait aussi le pressentiment que ses voisins les frères Jaakkola, qui venaient de partir en train pour le front, n'en reviendraient pas.

« Je n'y peux rien, je les vois morts tous les deux. Une balle entre les deux yeux chacun. »

Quand Hanna demanda à Linnea combien elle lui devait pour l'accouchement, celle-ci répondit que Tuomas pourrait s'acquitter de sa dette en finançant les funérailles des frères Jaakkola, une fois qu'ils auraient été tués et que leurs cercueils auraient été rapatriés en train à Ykspihlaja. Ainsi va la vie — une naissance, deux enterrements.

Au troisième jour de sa visite, Hanna téléphona de la villa de l'ingénieur Hurskainen à son mari, à Kokkola, afin de lui demander d'atteler Tord-boyaux et de venir les chercher, le bébé et elle.

« J'ai bien profité de mon séjour, malgré les affreuses prédictions de Linnea. Il paraît que les fils Jaakkola vont bientôt se faire tuer. »

Hanna expliqua avoir promis que Tuomas paierait l'inhumation des deux garçons. Un enterrement rouge ne coûtait pas bien cher, par les temps qui couraient.

Le marchand avait du mal à admettre que l'on puisse spéculer ainsi avec la mort, c'était de la sorcellerie, même si pour le reste il était reconnaissant à Linnea d'avoir aidé sa femme à accoucher sans problème.

« Pourvu que tu ne te mettes pas toi aussi à avoir des visions, les temps sont assez durs comme ça », ronchonna-t-il.

Ce fut en effet la guerre, une sanglante guerre fratricide. Le bataillon de Jäger entraîné en Allemagne débarqua à Vaasa et entreprit de former la nouvelle armée blanche. Les gardes rouges s'étaient rendus maîtres de tout le Sud de la Finlande et le sénat avait dû se réfugier en Ostrobotnie. Le gouvernement révolutionnaire faisait la loi à Helsinki. Les cadavres s'accumulaient des deux côtés, tous Finlandais.

Le dernier né de la famille du marchand Tuomas Kokkoluoto était un mignon poupon aux yeux bleus que ses frères et sœurs aînés dorlotaient à qui mieux mieux et entraînaient dans leurs jeux malgré ses gestes encore maladroits. On l'appelait d'ailleurs Poupon, jusqu'à ce que Hanna déclare qu'il était grand temps de lui donner un vrai nom et de le faire baptiser.

« Je pensais à Hjalmar », avoua-t-elle. Le prénom avait un côté distingué, susceptible de plaire aussi bien aux finnophones qu'aux nombreux suédophones des villes et villages côtiers d'Ostrobotnie. C'était à la fois gris et léger, avec quelque chose d'aristocratique.

« Antti », déclara le père du bébé d'une voix ferme.

Il fut donc décidé de baptiser l'enfant Antti Jalmari, soit, en version suédoise, Andreas Hjalmar, comme Hanna se plut à le souligner.

En mars, on vit arriver à Kokkola et à Ykspihlaja les premiers corps rapatriés du front. Les héros blancs furent enterrés en grande pompe dans le cimetière municipal. Des éloges funèbres furent prononcés et l'on prodigua aux défunts de profondes marques de respect. Les allées du cimetière étaient jonchées de branches de sapin, les proches endeuillés vêtus de noir, les familles chargées de gerbes et de couronnes. Avant que l'on referme les tombes, la Garde civique tira une salve d'honneur en hommage à ses morts.

Le claquement des détonations consola peut-être un peu les mères et les fiancées en pleurs qui regardaient en silence les cercueils de leurs chers disparus descendre dans le sein de la terre.

Début mars, on apprit à Kokkola que les frères Jaakkola, d'Ykspihlaja, étaient tombés au combat à Toijala. Le marchand Tuomas Kokkoluoto téléphona à la morgue de la paroisse, où blancs et rouges étaient conservés côte à côte. Il s'engagea à payer les cercueils des deux frères et leur transport jusqu'à la gare d'Ykspihlaja. Sa réputation de bon gestionnaire étant connue, le représentant de l'église de Toijala le crut sur parole et promit de charger les défunts dans un train funéraire. Il fit malgré tout remarquer que l'on n'avait pas pour habitude, ces temps-ci, d'expédier les cadavres des rouges aux quatre coins du pays. Par pure charité chrétienne, il était cependant prêt à faire une exception.

Deux jours plus tard, on vit arriver à la gare d'Ykspihlaja un convoi en queue duquel bringuebalait un wagon plat chargé de cinq cercueils et de quarante tonneaux de beurre à destination de l'Angleterre.

Tuomas Kokkoluoto attela son hongre, rebaptisé Schnaps à la demande de Hanna, pour aller prendre livraison des corps des rouges morts au combat. Malgré l'heure tardive, la nouvelle du sinistre chargement s'était répandue dans tout le port. Deux cents personnes se pressaient sur le quai de la gare. La foule était silencieuse, personne n'avait le cœur à entonner des chants ouvriers, ni d'ailleurs aucun autre refrain.

On chargea les frères Jaakkola dans le traîneau de Schnaps

et les trois autres cercueils dans deux attelages de plus. Il n'y avait pas de cimetière à Ykspihlaja et l'on prit donc le chemin de celui, tout proche, de Kokkola. Dans le sombre soir d'hiver, le convoi funèbre parcourut sans bruit le court trajet menant au coin le plus reculé et le plus méprisé de l'enclos paroissial, au nord, où l'on déchargea les bières des traîneaux pour les porter jusqu'à la fosse commune ouverte le matin même. À la lueur de lampes à pétrole, les convoyeurs muets, en vêtements de travail, posèrent les grossières caisses de planches au bord de la tombe, sur la terre enneigée. La foule se découvrit et un jeune homme s'avança la tête haute dans le cercle de lumière.

« C'est Vihreälä ! Il va parler », murmura-t-on.

L'orateur, qui était concierge de la Maison du peuple et président de l'Association ouvrière d'Ykspihlaja, prononça un bref mais éloquent discours à la mémoire de ses camarades décédés. Il s'abstint de parler d'inextinguible vengeance, mais prédit l'avènement d'autres temps où les travailleurs pourraient faire valoir leurs droits sans avoir à prendre les armes et encore moins à tirer pour défendre leur cause.

« Nous ne connaîtrons pas cet âge d'or, nous qui sommes réunis ici autour de cette fosse commune, mais nos enfants et nos petits-enfants le connaîtront. Puisse cette certitude nous réconforter en ce moment de deuil. Nous devons défricher la voie qui nous mènera à une ère nouvelle où l'égalité régnera au sein de ce peuple nordique opprimé. C'est notre plus ardente obligation. »

Lentement, on descendit un à un les cercueils dans la

tombe. De l'assistance s'échappaient des sanglots étouffés. L'enterrement fut bientôt terminé, le triste et gris cortège reprit le chemin d'Ykspihlaja.

Au moment où il allait aider Hanna à monter dans le traîneau de Schnaps, Tuomas sentit quelqu'un, dans la sombre foule, lui saisir le bras d'une main ferme.

« Sois tranquille, ton fils vivra vieux, il ne mourra ni à la guerre ni de maladie. Je l'ai clairement vu, Antti passera le 12 juillet 1990. Hanna m'en est témoin. »

C'était Linnea Lindeman. Elle délivra son message d'une voix calme et douce avant de se fondre dans la masse des ouvriers en deuil.

Sa prédiction tracassait Tuomas. De quel droit cette femme étrange se mêlait-elle de la vie de son fils, par quel démon était-elle possédée ? Il lui faudrait un jour parler sérieusement avec son épouse de ces fichues visions. Jouer ainsi avec la vie et la mort lui semblait insulter le destin. Personne ne pouvait prétendre savoir combien de temps vivrait quelqu'un, quand il mourrait et à quel âge. Et d'ailleurs, pourquoi donc cette vieille sorcière ne se vantait-elle pas aussi partout de la date de sa propre mort ? Voilà une prédiction qui n'aurait pas manqué de sel.

Les Kokkoluoto montèrent dans leur traîneau. Loin au nord, la lugubre lueur jaune d'une aurore boréale palpitait dans le ciel d'hiver.

Hanna nota que d'après les plus récentes observations scientifiques, les aurores boréales prenaient naissance dans les hautes couches de l'atmosphère quand la lumière rasante des rayons du soleil se mettait à rougeoyer comme parfois la poussière d'une forge. Tuomas répliqua qu'à sa connaissance, elles étaient plutôt le reflet dans les nues des tempêtes de l'océan Arctique. Plus la houle était forte, plus les aurores étaient belles. Le ciel polaire se trouvait ainsi être le plus grand miroir du monde.

Le marchand en vint à la question des curieuses prédictions de Linnea Lindeman. Pourquoi se croyait-elle obligée de fourrer son nez dans la vie et la mort d'Antti ? Hanna était-elle mêlée à ces pratiques occultes ? Il ne comprenait pas que des femmes puissent encore aujourd'hui se comporter comme des sorcières du moyen âge.

Le sérieux de son mari fit sourire Hanna. Elle lui expliqua que la devineresse ne voulait aucun mal à personne et n'avait rien d'une stupide diseuse de bonne aventure. Elle était au contraire dotée d'un solide bon sens paysan, en plus d'un esprit plus pénétrant que la moyenne. Mieux valait pour Tuomas ne pas ouvrir sa grande bouche quand Linnea et elle parlaient de phénomènes spirituels auxquels les benêts comme lui ne pouvaient rien comprendre.

Aux abords de Hollihaka, ils tombèrent sur un barrage surveillé par deux gardes blancs armés de fusils à baïonnette. Ils étaient tout jeunes et tremblaient de froid, la morve au nez, devant un cheval de frise fait de quelques planches. Ils n'étaient visiblement pas du coin, car ils ne reconnurent pas le marchand et son épouse.

« Papiers ! Vos pièces d'identité et vos laissez-passer ! »

Tuomas Kokkoluoto arrêta Schnaps. C'était un homme aux nerfs d'acier qui, sans s'émouvoir de l'obstacle, tira une hache du foin de son traîneau, sauta à terre et, dans la lumière blême de l'aurore boréale, fit miroiter son tranchant sous les yeux des miliciens.

« Posez donc la tête sur ce limon, graines de koulak, que je vous coupe le cou. Allez. »

Les garçons terrifiés détalèrent à toutes jambes, abandonnant leurs fusils au pied de la barricade. Tuomas les ramassa et fit claquer sa langue. Schnaps repartit d'un trot tranquille vers la maison familiale. Hanna songea en son for intérieur qu'elle avait vraiment là un mari au sang chaud. Jamais on ne l'aurait cru né à Kokkola.

5

En la compagnie des femmes

Antti Jalmari venait de fêter ses dix ans. Il était déjà assez vigoureux pour prêter main-forte à sa mère lorsqu'elle partait à la pêche dans la chaloupe phoquière de Linnea Lindeman. Le benjamin des Kokkoluoto, qui avait plus de temps libre que ses frères et sœurs, était aussi, en quelque sorte, le préféré de Hanna. Lorsque celle-ci s'absentait, les aînés aidaient leur père à tenir la boutique et s'occupaient du ménage, quand ils n'étaient pas à l'école, bien sûr. Antti, quant à lui, n'allait pas en classe car sa mère — qui avait après tout été institutrice à l'école communale d'Ykspihlaja — veillait elle-même à son instruction, lui enseignant en particulier le calcul et la géographie. Le chef de famille, Tuomas, consacrait tout son temps à son commerce. Il voyageait parfois pour ses affaires, allant se fournir auprès de maisons de gros de Seinäjoki et souvent même de Tampere. Il profitait aussi volontiers de ses déplacements pour faire le tour des foires aux chevaux.

Linnea et Hanna sortaient surtout en mer à la fin de l'été, quand les soirs et les nuits se faisaient plus sombres. Elles embarquaient des filets, des nasses et des provisions et poussaient à l'eau la grande chaloupe phoquière. Tandis que les deux femmes se relayaient aux rames, Antti tenait le gouvernail. Le petit garçon s'étonnait un peu de voir qu'au lieu de mouiller les tramails et les verveux de Linnea, on s'éloignait tranquillement de la côte, jusque loin au large, pour scruter ensuite l'horizon, l'œil aux aguets. On cherchait un grand navire de commerce à la coque noire, la *Mathilda*, et, quand on l'avait repéré, on allait se ranger à ses côtés. En haut, sur le pont, les marins hélaient les occupants de la barque dans une langue étrangère à laquelle Hanna, en tant qu'ancienne institutrice, était capable de répondre. Les matelots leur jetaient alors une corde. En restant sous le vent, il était facile de transborder de la *Mathilda* à la chaloupe des bidons de fer-blanc aux flancs luisants. Ce n'était que plus tard qu'Antti avait compris qu'ils contenaient de l'alcool. Il avait bien sûr beaucoup entendu parler dans le magasin paternel de la prohibition et de la contrebande et avait deviné qu'il s'agissait de ce produit que les hommes, surtout, buvaient de bon cœur jusqu'à rouler par terre ivres morts. Hanna n'y touchait pas, et Linnea guère plus. Dans la barque, on recouvrait avec soin les bidons de peaux de phoque. Une fois le chargement terminé, on payait et on reprenait le chemin du retour. Mais au lieu de mettre le cap droit sur le bassin de Potti, on restait au large d'Ykspihlaja, sur l'îlot de Nälkäkari, à attendre que la nuit tombe et que la voie soit libre. Ce n'était qu'ensuite que les deux femmes reprenaient les rames pour souquer ferme jusqu'à quai. Puis on cachait les bidons dans le puits de Linnea. Il fallait parfois faire si vite qu'on en oubliait sous les verveux, mais tout rentrait dans l'ordre avant le lever du jour.

L'alcool était vendu pendant qu'Antti dormait et, dans la journée, on ne voyait pas dans la maisonnette d'autres visiteurs que des femmes enceintes, et encore pas très nombreuses. Quand une parturiente se présentait, Hanna emmenait son fils à la gare et lui prenait un billet pour Kokkola.

« Et ne parle pas à papa de nos sorties en mer, d'ailleurs il ne te demandera rien. »

Si quelqu'un questionnait malgré tout Antti sur les promenades en barque de sa mère et de Linnea, il devait raconter sans faute que l'on allait à la pêche et que l'on prenait chaque fois au moins cent kilos de poisson.

Des enfants venaient au monde dans la maison de Linnea. Et au fond de son puits reposaient des bidons de fer-blanc, descendus là au bout d'une corde, prêts à être remontés en hâte par le même moyen. Le garçonnet trouvait tout cela terriblement excitant. Il était décidé à découvrir comment les bébés se fabriquaient derrière la porte de la chambre. Il avait aussi l'intention de sortir en secret un bidon d'alcool du puits et d'en boire à lui seul tout le contenu. Une fois soûl, il irait brailler et se bagarrer dans les rues du village comme le faisaient les vrais hommes.

Deux représentants de la loi, qui avaient été informés d'un possible trafic d'alcool dans la maisonnette de la harengère, se présentèrent sur ces entrefaites pour perquisitionner les lieux. Linnea resta calme. Ayant eu vent de la descente prévue, elle avait décidé d'organiser un faux accouchement afin d'égarer la police. Les bidons d'alcool stockés dans le puits en avaient été sortis. En attendant d'être vendus, ils avaient été rangés sous le lit de gésine, mille litres au total, proprement empilés sur trois étages. Il y en avait tant que si les gardiens de la paix avaient fouillé la pièce, ils auraient inévitablement trouvé la cache. Il n'y avait donc pas de temps à perdre. Hanna se déshabilla en un tournemain et plongea dans le lit. Elle avait l'expérience de l'enfantement, la comédie lui fut facile.

Les deux hommes inspectèrent le puits avant de grimper au grenier, où ils furetèrent un bon moment. Pour finir, ils investirent la salle et la fouillèrent dans ses moindres recoins. Dans la chambre, Hanna gémissait à voix haute et se tordait de douleur sous les peaux de phoque. Quand les policiers passèrent la tête par l'entrebâillement de la porte, ils ne purent que constater que la femme en sueur couchée dans le large lit était en train de mettre un enfant au monde. Ils n'eurent pas le courage de poursuivre leur perquisition. Linnea Lindeman s'affairait dans la pièce, faisant chauffer de l'eau et alignant ses instruments. Elle demanda même leur aide aux gardiens de la paix, l'accouchement s'annonçait particulièrement difficile. Un malheur n'était pas exclu, la mère et l'enfant risquaient d'y rester.

Les deux hommes quittèrent la maison en hâte. Ils avaient beau être chacun marié et père d'une ribambelle d'enfants, aider les matrones n'entrait pas dans leurs habitudes.

Peu avant Noël, Linnea Lindeman reçut chez elle une femme réellement sur le point d'accoucher. Antti en avait été prévenu car il avait entendu la devineresse dire qu'avec de la chance l'enfant viendrait au monde le premier dimanche de l'avent. Le garnement, dévoré de curiosité, se cacha en temps utile dans le placard à vêtements de la chambre, sous l'escalier du grenier. Il était donc fin prêt quand les douleurs commencèrent. Il observait la scène avec intérêt, mais, quand il vit tout ce que l'enfantement avait de pénible et de sanglant, ses nerfs lâchèrent. Il fut pris de nausées. Sa vue se brouilla et il s'en fallut de peu qu'il ne s'évanouisse dans un coin de la penderie.

Avec la plus extrême prudence, le spectateur clandestin ouvrit la porte du placard et mit le cap vers la sortie, rampant à quatre pattes. Les longues jupes et les gros mollets de Linnea dansaient devant ses yeux. Quand elle tendit le bras pour saisir un instrument, il se figea sur place tel un serpent mort. La parturiente hurlait dans le lit. Antti se glissa vers la porte et allait l'entrebâiller pour se faufiler dans la salle quand l'accoucheuse se retourna et le vit.

« Qu'est-ce que tu fais là, malheureux ! » cria-t-elle en l'empoignant par les cheveux de la nuque pour le jeter dans la salle, où il tomba dans les bras de sa mère stupéfaite. L'engueulade fut sévère. Plus tard, alors que Linnea, Hanna et la jeune mère prenaient le café au coin de la cheminée, elles voulurent savoir d'où sortait le gamin. Il se tira du pétrin en prétendant être descendu du grenier où il lisait de vieux journaux.

L'aventurier, ébranlé par le spectacle de l'accouchement et la raclée qui avait suivi, sortit d'un pas chancelant dans le jardin. Vite revigoré par l'air frais du dehors, il décida de tirer de l'alcool du puits. Il avait entendu dire que le remède était souverain en cas de coup dur. Par chance, il restait dans la cache quelques bidons de contrebande de la semaine précédente. Antti en remonta un, dévissa le bouchon d'une main tremblante d'excitation et porta le goulot à ses lèvres. La première gorgée lui brûla la langue et le palais telle une braise incandescente, mais il avala vaillamment le liquide infect. Malgré son cœur qui battait la chamade et les trente-six chandelles qu'il voyait, il refusa de se déclarer vaincu et but encore deux, trois gorgées de la boisson de feu. Incapable d'ingurgiter une goutte de plus de cet alcool presque pur, il vomit et tomba à plat ventre sur le sol gelé du jardin. Le bidon de fer-blanc glissa jusque dans la rue sur la neige durcie de l'allée. Le premier passant qui trébucha dessus ramena le garçon ivre dans la maison de Linnea.

6

Antti s'enfuit à l'étranger

L'ivresse publique d'Antti avait mis tout Ykspihlaja en émoi. Où allait-on si même les gamins buvaient dans la rue de l'alcool de contrebande ? Le pire était que le garnement surpris en état d'ébriété était le sixième enfant de l'ancienne institutrice du village. Tous convenaient que Hanna Kokkoluoto était encore d'une incroyable beauté pour son âge, mais l'on n'était pas près de lui pardonner l'ivrognerie de son fils. Elle assura certes avoir passé un sacré savon à Antti et lui avoir fait jurer de ne plus jamais boire d'alcool, mais rien n'y fit. Au lieu de donner l'exemple au peuple, comme toute personne éduquée aurait dû le faire, l'ex-institutrice avait, avec la complicité d'une louche matrone, incité à l'alcoolisme son malheureux benjamin. Ces ragots parvinrent bien sûr jusqu'à Kokkola, où on les répéta complaisamment au père du pauvre Antti, qui eut droit pour la peine à une raclée encore plus mémorable que celle administrée par sa mère.

Le comble était vraiment atteint, écrivit un chroniqueur de la *Gazette suédoise* de la ville voisine de Pietarsaari, qui signait M.M., si les garçons en culotte courte s'enivraient maintenant en plein jour, qui plus est dans le jardin d'une maison abritant tout un spectre d'activités prohibées, de la sorcellerie à l'exercice illégal de la médecine et à la contrebande. Où cela mènerait-il, si femmes et enfants marchaient sur le chemin de la perdition ? La santé morale de la nation était en péril. Et tout cela à cause de la prohibition, dont l'échec était patent et qu'il fallait abolir sur-le-champ afin d'éviter des calamités encore plus épouvantables.

Antti, de son côté, méditait amèrement sur la dureté du monde. Comment pouvait-on raconter d'aussi belles histoires sur la naissance des enfants, alors qu'elle se faisait en réalité dans le sang et la douleur ? Il l'avait vu de ses propres yeux. Et les nouveau-nés étaient affreux, on aurait dit des porcelets étrillés.

Et l'alcool ? Pourquoi tant de gens en buvaient-ils, en prétendant en plus que c'était une saine et agréable habitude ? Il le savait, les bourgeois se retrouvaient ouvertement pour se soûler à l'hôtel *Hietala*, sur le port. Même son père et sa mère se régalaient parfois, les jours de fête, d'un breuvage rouge foncé — autrement dit du vin, dont Tuomas gardait quelques bouteilles dans sa cave. Son expérience personnelle lui avait pourtant appris tout autre chose. Il avait eu de la chance de s'en tirer vivant. L'alcool brûlait la bouche, dégageait une odeur épouvantable, donnait des nausées et vous faisait rouler dans la neige.

Alors qu'il gisait dehors, Antti avait aussi pris froid. Il avait de la fièvre, mais personne ne s'en était aperçu et, au lieu d'être mis au lit, il avait reçu pour ses bêtises une cuisante correction.

Ulcéré par les reproches et les punitions, le garçon délirant de fièvre décida avec l'intransigeance propre à son âge de s'enfuir pour toujours dans un pays lointain. Personne à Kokkola ou à Ykspihlaja ne l'aimait ni ne le comprenait. Il n'avait que peu de camarades et ceux-ci, contrairement à lui, allaient à l'école. Il se sentait comme un loup solitaire brisé par la vie. Mais il leur montrerait qu'il n'avait besoin de personne. Il était plutôt grand pour son âge et serait bientôt de taille à faire la guerre comme un homme et à tuer tous ses ennemis. Ce n'était pas ce qui manquait. Il ne s'en prendrait peut-être pas à sa mère, en tout cas pas tout de suite, ni même à son père, il y en avait bien assez d'autres. Des bolcheviks et des koulaks, des Boches et des Russkofs. Une fois la guerre finie, il reviendrait à Kokkola, devenu maréchal ou caporal, et paraderait à cheval sur la place du marché. Les filles jetteraient des fleurs sous les sabots de son fier étalon.

Tuomas Kokkoluoto venait encore une fois d'acheter un nouveau cheval, à la suite de la mort et de la transformation en chair à saucisse de Schnaps, ex-Tord-boyaux. C'était un jeune hongre du nom de Galopin qui, malgré toutes ses qualités, ne pouvait convenir à un aussi grand chef de guerre qu'Antti. Il en achèterait un autre à l'étranger, meilleur, à la robe noire et aux hennissements puissants.

Il réfléchit au couvre-chef de parade dont il se coifferait. Peut-être une toque de fourrure blanche serait-elle du plus bel effet. Comme celle du général Mannerheim. Il lui faudrait aussi une tunique rouge à brandebourgs et un pantalon soutaché de jaune vif. Content de son projet, Antti résolut de partir d'abord pour la Suède et, de là, pourquoi pas en Allemagne ou plus loin. Sa mère lui avait enseigné la géographie et il connaissait de nombreux pays, partout dans le monde. Il n'était pas idiot et se rendait bien compte qu'il ne pouvait pas pour l'instant aller tout seul en Amérique. Il aurait fallu pour commencer prendre un bateau à vapeur pour Hanko, puis un autre pour Copenhague et un troisième, enfin, pour l'État le plus riche du monde, de l'autre côté de l'Atlantique. Mais en empruntant la chaloupe phoquière de Linnea, il pourrait arriver à la rame au moins jusqu'en Russie. Moscou n'était guère plus loin que Stockholm. Il pensait parler plutôt bien le suédois, mais devrait améliorer son russe s'il optait pour l'est.

Cette nuit-là, le délire fiévreux d'Antti s'aggrava encore. Dans l'obscurité, il s'habilla chaudement et descendit sur la pointe des pieds de sa chambre du premier étage. Dans la boutique de son père, il ouvrit la caisse avec la clef rangée sur l'étagère sous un pain de sucre. Il n'y avait hélas dans la boîte en fer-blanc qu'une malheureuse poignée de menue monnaie. De toute façon, le mieux était d'utiliser pour la première étape du voyage la chaloupe phoquière de Linnea. Il pourrait rejoindre la *Mathilda* et ses contrebandiers, acheter une bonne quantité d'alcool puis la revendre pour garnir sa bourse.

Le jeune malade se glissa dehors en silence et prit le chemin de la gare de Kokkola. Il pensait avoir de quoi se payer un billet pour Ykspihlaja. Mais à cette heure, aucun train de voyageurs n'était annoncé. Seul un convoi de marchandises s'arrêta dans un nuage de fumée. Grelottant de froid, Antti sauta dans le dernier wagon. La nuit était glaciale. Il tremblait de tout son corps. En même temps, il était heureux à l'idée de partir pour un grand voyage dans de lointains pays inconnus où l'on trouvait des nourritures aussi délicieuses que des oranges. Il ramassa une poignée de neige sur le plancher du wagon et la fit fondre dans sa bouche. La brûlure de la fièvre s'apaisa un peu et, pendant un moment, il se sentit grand et fort. Malgré les frissons qui le secouaient de la tête aux pieds, il était serein. Sang chaud, nerfs d'acier.

On ne retrouva le petit Antti Kokkoluoto que le lendemain soir, sur la banquise au large d'Ykspihlaja. Il avait tenté de prendre la mer avec la chaloupe de Linnea, mais la glace s'étendait trop loin. Le maigre fugitif tremblant de fièvre n'avait pas eu la force de pousser la lourde barque sur plusieurs milles jusqu'à l'eau libre. Il avait alors eu l'idée de se servir de la chaise à patins de la harengère, avec laquelle il avait courageusement lugé jusqu'aux récifs d'Ulkokrunni, où, épuisé, il avait été obligé de s'arrêter pour se reposer. Dans le vent d'hiver soufflant du large, il s'était recroquevillé sur le siège de la chaise à patins, cherchant tant bien que mal à réchauffer son corps fluet. Il s'était endormi là et, quand Linnea Lindeman l'avait trouvé, elle l'avait d'abord cru mort de froid.

La voyante avait découvert étonnée des empreintes de pas dans son jardin et avait suivi sur la mer gelée les traces laissées par la luge. Elle portait toujours en cette saison un épais manteau en peau de phoque, dans lequel elle enveloppa le malheureux garçon engourdi avant de pousser la chaise à patins jusque chez elle. À la chaleur d'un feu de bois, elle le fit dégeler au coin de la cheminée afin de le ramener à la vie, implorant tous ses esprits protecteurs. Enfin elle eut une vision rassurante : le fils de Hanna et de Tuomas ne mourrait pas ce jour-là, mais vivrait jusqu'à l'âge de soixante-dix ans, elle en était maintenant certaine.

Après avoir soigneusement bordé dans son lit douillet le garçon brûlant de fièvre, Linnea Lindeman téléphona à Kokkola de chez Hurskainen, afin d'avertir Tuomas et Hanna qu'ils devaient atteler Galopin et venir s'occuper du fugueur retrouvé in extremis.

« Antti était sur la banquise, il n'en mourra pas, mais il est très faible. »

Linnea frictionna le garçon de la tête aux pieds avec de l'alcool. Ses parents arrivèrent au galop, tard dans la soirée, accompagnés du docteur Einar Cederberg. Le médecin était toujours prêt à aider les malades et soignait même souvent gratuitement les plus pauvres. Il constata tout de suite qu'Antti avait les doigts et les orteils gelés et s'occupa de les masser ; le sang se remit à circuler, tout danger de mort était écarté. Le médecin rédigea une ordonnance. On appela un taxi. Avant de monter en voiture, Cederberg sortit de sa poche un sachet de bonbons blancs et recommanda de les faire prendre au patient à son réveil, avec du lait chaud.

La famille Kokkoluoto ne rentra chez elle que le lendemain matin. Galopin trottinait doucement, il neigeait, l'ambiance était morose. Personne n'avait grand-chose à dire, Antti dormait sous les couvertures de fourrure du traîneau. Heureusement, les autres enfants s'étaient débrouillés seuls sans problème, ils avaient même ouvert la boutique et vendu quelques bricoles.

7

Ventes aux enchères en temps de crise

À l'automne 1929, la bourse la plus puissante du monde s'effondra à New York. Hanna lut tout haut l'effarante nouvelle dans *L'Ostrobotnie centrale.*

« Dépêche de New York, écoute ça... c'est épouvantable. Des gratte-ciel ont été incendiés et des milliardaires se sont jetés par les fenêtres du vingt-cinquième étage. On n'a retrouvé d'eux que leurs galoches. Il y a des nègres qui les ramassent. »

Le marchand Tuomas Kokkoluoto arracha le journal des mains de sa femme et lut en hâte tout l'article. Quand il eut fini, il déclara gravement :

« Le monde entier va connaître une récession terrible.

— Voilà que tu prédis l'avenir, maintenant, on croirait Linnea. Mais tu as sans doute raison. Les gens vont perdre leur travail, puis leur argent, et pour finir leur pain. »

La grande dépression s'étendit rapidement des États-Unis à l'Europe, qu'elle frappa de plein fouet. Moins d'un an après le krach boursier du mardi noir du 29 octobre 1929, la crise mondiale s'abattit sur la lointaine Finlande.

Les industries réduisirent leur production et licencièrent leurs ouvriers, des hordes de chômeurs désespérés furent jetées sur les routes. Les usines qui avaient fermé leurs portes et arrêté leurs machines ne fabriquaient plus que de la misère. Dans le monde agricole, les banques firent sans états d'âme saisir et vendre à l'encan des milliers d'exploitations de paysans en difficulté. Beaucoup d'anciens propriétaires de ferme, affamés et amers, en furent réduits à louer leurs bras. Les richesses nationales — argent, maisons et autres biens — furent redistribuées.

Les clients se firent plus rares dans la boutique de Tuomas Kokkoluoto. Hanna avait heureusement des économies, mises de côté lorsqu'elle se livrait avec Linnea à la contrebande d'alcool. Elle sortit ces fonds de leur cachette et tendit à son mari un bon paquet de billets.

« Tiens. Tu en auras besoin. »

Tuomas Kokkoluoto conclut qu'il était temps de prendre des risques et d'employer les grands moyens. Il hypothéqua tous ses biens et entreprit de sillonner le pays pour affaires. Il emmena Antti, qui allait avoir treize ans. Le garçon s'était remis sans mal de ses gelures, lors de sa fugue, et sa forte fièvre ne lui avait pas non plus laissé de séquelles. En un an, il avait grandi de plusieurs centimètres. C'était un adolescent au corps souple, svelte et musclé, blond, avec dans son attitude quelque chose de viril. À l'occasion de ses voyages à travers la Finlande, son père espérait lui apprendre la vie. Éviter qu'il ne lui vienne à nouveau l'idée de partir en luge à l'étranger, en somme.

Tuomas parcourut avec son fils les provinces les plus

durement touchées par la crise. Des milliers de fermes étaient vendues aux enchères, les scieries et les ateliers de mécanique faisaient faillite par centaines. C'était pénible à voir, d'autant plus que Tuomas tirait profit de la détresse des gens. Mais il ne pouvait aider les malheureux plongés dans la misère, il n'avait pas d'autre choix que de tenter d'échapper au même sort. Le marchand achetait du matériel, des moteurs stationnaires, des outils agricoles, des chevaux. Il mit aussi la main sur toutes sortes de produits textiles, de quoi approvisionner sa boutique de Kokkola pendant des années. Il s'appropriait des fortunes pour une bouchée de pain. Une fois acheminées dans des régions plus riches, au sud, les marchandises acquises dans les campagnes pouvaient être revendues au double ou au triple de leur prix. Tuomas Kokkoluoto exporta aussi vers la Suède plusieurs chargements d'objets précieux. C'était un homme sans scrupule et plus il fréquentait les ventes aux enchères forcées, plus ses nerfs d'acier s'endurcissaient et plus son sang chaud bouillonnait dans ses veines, le soir, quand il comptait son argent avec son fils, dans une chambre d'auberge bien chauffée.

Tuomas fit sa plus belle affaire de ces années noires dans le port de Hanko, où huit batteuses flambant neuves venaient d'arriver des États-Unis. Elles étaient à vendre, car le destinataire, un petit grossiste en machines agricoles, avait fait faillite. Vu le coût du transport, il était hors de question de les réexpédier à l'usine de Detroit où elles avaient été fabriquées. Dans ces circonstances, les batteuses ne valaient plus grand-chose et Tuomas Kokkoluoto n'eut pas à réfléchir longtemps avant de conclure le marché. Il acquit le précieux chargement pour le prix de trois chevaux de trait. Les pièces mécaniques des machines étaient emballées à part, soigneusement graissées, dans de grandes caisses en bois. On y avait rangé en bon ordre les batteurs cylindriques munis de broches servant à égrener les épis ainsi que les secoueurs destinés à séparer la paille du grain et à l'évacuer par l'arrière. Un crible permettait ensuite d'éliminer les déchets et un tarare, pour finir, de débarrasser les céréales de leur balle. Toutes ces pièces avaient été démontées pour la durée de la traversée. Elles étaient accompagnées d'instructions d'assemblage et d'entretien, illustrées de croquis détaillés. Les textes étaient en anglais et en allemand, mais Hanna saurait les traduire en finnois.

Les batteuses mesuraient six mètres de long sur un de large, pour une hauteur proche de celle d'un homme, pas loin de deux mètres. Tuomas Kokkoluoto calcula qu'elles avaient chacune une capacité d'un peu moins de neuf mètres cubes.

Il affréta quatre wagons de chemin de fer dans lesquels on chargea les machines et leurs pièces détachées, deux dans chaque. Il s'agissait de les expédier dans l'arrière-pays, où on leur trouverait sûrement des acheteurs. Mais Tuomas ne comptait pas emporter de Hanko que des carcasses vides. Il loua une grande barque de pêche et, par une nuit propice, sortit en mer avec son fils. Il savait qu'une flottille internationale de trafiquants d'alcool était ancrée au large, à la limite des eaux territoriales. Antti s'était déjà livré à ce genre de contrebande avec sa mère et avec Linnea, dans la baie de Botnie. C'était maintenant au tour de son père de partager cette occupation avec lui.

L'atmosphère des nuits d'automne était chargée d'électricité. Les oiseaux de mer dormaient sur leurs îlots, mais on entendait gronder au loin les moteurs des vedettes de la douane et des bateaux des contrebandiers. Des équipages battant pavillon du monde entier s'étaient donné rendez-vous dans le golfe de Finlande, sur les flots duquel se balançaient des navires grecs, le *Naxos* et le *Hera*, un allemand, le *Heinrich*, ainsi que le *Venus*, qui semblait être cubain, et bien d'autres. Tuomas Kokkoluoto faisait ses achats sur le *Hera*, ou parfois sur le *Venus*. Les marins se chargeaient du transbordement, il ne restait au père et au fils qu'à effectuer le dangereux trajet de retour vers Hanko et, à l'arrivée, la lourde tâche de coltiner des centaines de bidons de la grande barque aux wagons de chemin de fer que Tuomas avait fait aiguiller sur les docks, tout au bout de la voie, à l'ombre de grands entrepôts. Là, ils cachaient l'alcool dans la carcasse vide des batteuses.

Ils firent plusieurs voyages, chargeant chaque fois la barque de centaines d'hectos, conditionnés dans des bidons de fer-blanc de dix litres, qu'ils ramenaient au port dans l'obscurité. Ils travaillaient au rythme d'un aller-retour par nuit et par batteuse. Tenant à rester discret, Tuomas n'avait pas voulu embaucher de main-d'œuvre et il se chargea donc seul avec son fils de porter toute sa cargaison jusqu'aux wagons et de la ranger dans les entrailles des machines. Antti, profitant de sa petite taille, réceptionnait les bidons à l'intérieur des batteuses. Ce fut une rude besogne, mais le père était vigoureux et le fils, vu son âge et sa souplesse, lui était d'une aide précieuse pour l'arrimage de la marchandise. Ni la police ni la douane ne se mêlèrent de leurs affaires. Il ne vint à l'idée de personne de soupçonner les Kokkoluoto de contrebande. Tout le monde était persuadé que Tuomas allait chercher dans les îles voisines du bois de chauffage coupé l'hiver précédent, afin de l'expédier par train du port de Hanko à Helsinki. Les cargaisons d'alcool étaient en effet dissimulées sous des bûches de bouleau achetées dans l'archipel.

Le travail prit une bonne semaine. Chaque nuit, le ventre d'une nouvelle batteuse était rempli d'alcool. Au total 7 200 bidons, soit 72 000 litres.

Une fois les batteuses pleines, on les transporta par chemin de fer dans l'arrière-pays. Leur précieux contenu fut revendu dans le Häme, en Finlande centrale, en Ostrobotnie et même à Rovaniemi. On écoula d'abord l'alcool, puis les machines elles-mêmes, équipées de leurs batteurs, secoueurs et autres tarares. Le marchand Tuomas Kokkoluoto était désormais un homme riche.

8

Une ferme, une jument et un poulain

En même temps qu'il trafiquait de l'alcool et faisait la tournée des ventes aux enchères forcées, Tuomas Kokkoluoto enseignait à son fils Antti les rudiments du métier de commerçant. Le soir, après le travail, ils prenaient en général une chambre à l'auberge locale, ce qui revenait moins cher que l'hôtel et leur suffisait bien.

Pour occuper leurs longues soirées, le marchand expliquait à son benjamin comment aborder les gens, et surtout les clients ou autres partenaires commerciaux. Il ne fallait pas fixer les inconnus droit dans les yeux, même si un regard franc et direct était signe d'honnêteté. Une prise de contact trop brutale risquait de mettre l'interlocuteur sur la défensive et il devenait ensuite difficile de le convaincre, ce qui était pourtant la condition sine qua non de la conclusion d'une bonne affaire. Il fallait savoir interpréter en un éclair et avec une précision chirurgicale tous les gestes et les attitudes, apprendre à observer les gens et s'entraîner à lire en eux à livre ouvert. En cas de relations suivies, il fallait rester sans cesse attentif aux habitudes et à la personnalité de son partenaire commercial afin de s'en faire au bout du compte une image détaillée et complète. Réussir dans le métier exigeait d'être bon connaisseur de la nature humaine.

Le marchand apprit aussi à son fils à ne pas se fier aux apparences d'honnêteté de certains escrocs. La principale qualité d'un menteur habile était de savoir raconter des craques d'un air si franc que seul un fin psychologue pouvait, au prix d'un intense effort d'attention, distinguer le vrai du faux. Tuomas prit l'exemple d'un forain qui, sur un marché, plaisante et vante à outrance sa marchandise. Cela ne veut pas dire qu'il ne soit pas foncièrement honnête — il n'exagère que pour amuser la galerie. Alors que son voisin, qui semble tenir un discours objectif sur la qualité de ses produits, peut très bien, malgré ses dehors intègres, faire pencher subrepticement le fléau de la balance d'un kilo ou deux dans le sens qui l'arrange ou voler le client en lui rendant sa monnaie et, s'il est pris à tricher, se répandre en excuses, invoquer une regrettable erreur et claironner à qui veut l'entendre qu'il n'y a pas plus probe que lui.

Tuomas inculqua à son fils qu'un négociant devait n'avoir qu'une parole et rester irréprochable, même si dans le métier c'était souvent presque impossible. Les commerçants et autres professionnels amenés à manipuler de l'argent devaient en réalité lutter toute leur vie pour trouver un équilibre entre honnêteté et mensonge. Il fallait d'un côté faire l'article, même si la qualité des produits mis en vente n'était pas toujours excellente, et de l'autre conserver la confiance des clients, clef de tout succès en affaires. Un négociant avide de profits à court terme pouvait certes s'enrichir rapidement, mais sa fortune risquait de s'évaporer tout aussi vite, alors qu'une activité régulière, bâtie sur des bases saines, permettait de se constituer un patrimoine solide et durable que même les bourrasques glacées d'une crise délétère ne pouvaient détruire.

« Il n'est pas pour autant nécessaire de se montrer bêtement trop franc. Un commerçant doit savoir mentir avec naturel, rouler ses clients dans la farine en leur laissant croire que cela ne découle que de l'innocent désir de réussite d'un homme honnête. » C'était à cela que Tuomas Kokkoluoto pensait être parvenu au fil des ans.

Antti appréciait ces soirées à l'auberge où son père s'appliquait à lui dévoiler les secrets du monde des adultes et surtout des affaires. Ils avaient pour une fois devant eux tout le temps qu'ils voulaient et ils en profitaient pleinement.

Tuomas Kokkoluoto souligna qu'un négociant devait s'efforcer, en plus de toutes ses autres activités, d'aider ses concitoyens les plus défavorisés. Il était de bonne politique de porter secours aux pauvres. Il fallait cependant aussi faire preuve d'un peu de roublardise : éviter de se poser en bienfaiteur de l'humanité et agir au contraire de manière discrète et détournée, à petite échelle, afin de ne pas froisser l'amour-propre de l'assisté. Tuomas prit quelques exemples. S'il tombait, au marché aux bestiaux, sur un paysan ayant bu son argent et son cheval, un commerçant généreux pouvait entraîner le malheureux imbécile dans un bosquet en bordure du champ de foire et fourrer dans son portefeuille une liasse de billets de banque ou même lui tendre un petit paquet contenant si possible du pain et du lard. Pour clore la rencontre, il convenait de proposer au pauvre homme une réconfortante gorgée d'eau-de-vie pour soigner sa gueule de bois. Dans l'animation du marché, il y avait bien sûr toujours quelqu'un pour remarquer la scène et la rumeur du geste charitable ne manquait pas de se répandre dans la foule. La concurrence ne pouvait que constater avec envie que Tuomas Kokkoluoto, de Kokkola, était un homme bien, un marchand honnête et généreux qui ne faisait pas étalage des traits les plus nobles de son caractère.

Il fallait également, quand les circonstances s'y prêtaient, adoucir le sort des veuves et des orphelins. Là aussi, il était important de veiller à ce que les aumônes soient distribuées avec tact aux personnes dans le besoin, sans ostentation et comme en passant, par exemple enveloppées dans un foulard de laine, mais en veillant à ce que le don ne passe pas inaperçu des commères.

Antti prenait bonne note des enseignements de son père. Il était bien décidé à appliquer ses principes retors une fois qu'il serait adulte. Qui aide les pauvres s'enrichit.

Afin de dissiper les derniers doutes de l'adolescent sur la respectabilité des marchands, Tuomas Kokkoluoto les compara à des prêtres. À l'instar de ces derniers, qui prêchaient l'Évangile à l'église, ils bavardaient dans leur boutique avec leurs clients. Tandis que les uns distribuaient la communion aux paroissiens repentants, les autres offraient bien davantage aux nécessiteux : de la viande, du poisson, du pain, une foule d'ustensiles ménagers, des bottes, des vêtements, des harnais et au besoin un cheval avec son traîneau et sa charrette. En plus de leurs boutiques et de leurs entrepôts, les marchands avaient pour temples les foires et les marchés où ils dispensaient des biens terrestres à tous ceux qui le demandaient, en échange bien sûr d'une modeste rétribution.

Un pasteur ordinaire correspondait à un simple commis, mais un commerçant établi à son compte valait facilement un doyen. L'évêque et le conseiller au commerce constituaient l'aristocratie de leur profession, sans parler de l'archevêque, qui avait autant de prestige, et souvent de fortune, qu'un industriel s'étant offert le titre et la dignité de conseiller aux mines. L'un labourait le champ spirituel, l'autre le champ terrestre. Et de même que les hommes d'Église faisaient la quête, les marchands prélevaient leur dîme. Mais comme le volume des biens de valeur que l'on pouvait acquérir dans les magasins était nettement supérieur à celui d'une goutte de vin de messe, la somme à verser était plus élevée, même si son paiement restait aussi librement consenti que celui de l'aumône. Le prêtre avait la Bible pour outil, le marchand le tiroir-caisse et le porte-monnaie.

Au cours d'un de leurs voyages, Tuomas et Antti Kokkoluoto poussèrent jusqu'à Kuopio, écumant les ventes aux enchères du Savo et, au retour, de Finlande centrale. Afin de faire son éducation, le marchand laissait souvent son fils enchérir à son gré. L'adolescent commençait à être un négociant presque aussi avisé que son père.

De Finlande centrale, ils retournèrent par Haapajärvi et Nivala à Ylivieska, où Tuomas prit le train, laissant Antti régler quelques petites affaires dans la région. Ce dernier se déplacerait d'un village à l'autre en autocar ou à pied. Son père passerait le prendre la semaine suivante à Kaustinen, ou dans tout autre lieu où il se trouverait. Il suffirait au garçon de lui téléphoner afin qu'il attelle Galopin. On en profiterait pour transporter la marchandise jusqu'à l'entrepôt de la boutique familiale.

À Sievi, où l'on vendait à la criée le matériel d'une laiterie en faillite, Antti acheta cent vingt berthes de vingt litres. Il espérait les revendre aux chasseurs de phoques et aux pêcheurs de saumon comme récipients à sel — usage pour lequel ces bidons métalliques, qui ne risquaient ni de fuir ni de pourrir, lui semblaient plus adaptés que des tonneaux en bois. À défaut, on pourrait toujours les transformer en barattes, ce qui ne les éloignerait guère de leur destination première. Les berthes attendraient dans la remise de la laiterie que l'on puisse venir les chercher en traîneau.

À Toholampi, Antti acquit dans le hameau d'Oikemus une petite exploitation agricole criblée de dettes. Il n'y avait que quarante hectares de forêt pratiquement coupée à blanc et cinq hectares environ de champs en mal d'engrais. Quatre vaches étiques meuglaient dans l'étable tandis que dans l'écurie végétaient une jument et son poulain déjà grand. La famille ruinée — la mère, le père ivre et cinq enfants nu-pieds — errait parmi la foule venue assister à la vente, faisant ses adieux à son misérable mobilier : quelques chaises branlantes, une table bancale, des bassines de tôle émaillée ébréchées et rouillées, plus un tas de guenilles malodorantes.

Les enchères terminées, Antti entraîna la fermière en pleurs derrière la maison et lui annonça qu'elle pouvait réinstaller ses meubles. Il n'avait pas non plus l'intention de s'encombrer des vaches. La famille pouvait continuer à vivre là pour l'instant, au moins jusqu'à la fin de la crise. Il n'emmènerait que la jument et son poulain. Antti Kokkoluoto veilla à ce que dans l'assistance on remarque sa bonté d'âme, comme son père le lui avait enseigné. Les larmes aux yeux, le fermier au regard sombre et sa femme émaciée bénirent et remercièrent leur charitable propriétaire. Ils n'étaient finalement pas chassés de chez eux et réduits à la mendicité, et leur ribambelle d'enfants ne serait pas dispersée chez des inconnus.

« Dieu te protège », cria le père de famille éméché d'une voix rauque en regardant Antti s'éloigner avec sa jument sur le chemin forestier. Le poulain cabriolait joyeusement derrière la charrette, même si pour le reste l'ambiance était plutôt morose.

Antti arriva chez lui à Kokkola à la tombée du soir. Il noua les longes des chevaux du fermier à la barre d'attache de la boutique familiale, un peu inquiet de l'accueil qui l'attendait. N'avait-il pas fait de trop gros achats ? Une exploitation agricole partant à vau-l'eau avec tout son cheptel, sans compter plus d'une centaine de berthes à lait...

Les craintes d'Antti étaient vaines. Il fut reçu en héros ayant conquis le monde. Sa mère, son père, ses frères et sœurs aînés, tous félicitèrent l'adolescent rougissant de bonheur qui avait si bien réussi, et tout seul ! Peu de garçons de son âge auraient été capables de conclure un marché aussi avantageux ! Le fringant poulain, en particulier, faisait l'admiration de tous.

La joie des retrouvailles calmée, Hanna s'inquiéta de ce que l'on ferait des bidons : où les stockerait-on et pourrait-on jamais en tirer un bon prix ? Tuomas estimait qu'ils se vendraient bien, au pire en Estonie où la ferblanterie était une denrée rare et chère. Et les transformer en barattes semblait aussi une bonne idée. Dans le commerce, abondance de biens ne peut nuire.

Le marchand pensait dresser le poulain pour son propre usage, il avait de toute évidence des qualités de trotteur. Mais il ne voulait pas dans son écurie d'une jument aussi efflanquée. Il n'y avait d'ailleurs pas de place pour deux chevaux. Hanna l'approuva, mieux valait renvoyer la haridelle dans la misérable métairie de ses précédents propriétaires. Les malheureux ne survivraient pas sans cheval dans leurs lointaines forêts. Mais avant toute chose, la jument eut droit à un bon picotin et put passer la nuit dans la remise avec son poulain.

Le lendemain, Hanna et Antti attelèrent Galopin et emmenèrent la jument à Oikemus, par Kälviä et Kannus, afin de la rendre à ses anciens maîtres. De là, ils firent avant de rentrer chez eux un crochet par Sievi, où ils chargèrent trois berthes à lait dans leur charrette.

9

Un champ de tir privé

Des hordes de chômeurs désespérés parcouraient le pays à la recherche d'une embauche, même provisoire. Beaucoup étaient contraints de trimer dur sans autre salaire qu'un repas. C'était purement et simplement de l'esclavage. Les antagonismes de classes s'aggravaient et, à peine plus de dix ans après la sanglante guerre civile, on en était revenu à la terrible situation d'alors : la droite et la gauche s'affrontaient à nouveau.

Depuis le début de la crise, Tuomas Kokkoluoto sillonnait les campagnes avec son fils, vendant des batteuses et de l'alcool de contrebande et achetant à bas prix, dans des ventes aux enchères forcées, des exploitations agricoles et d'autres biens de malheureux criblés de dettes. À la fin des années trente, le marchand était un homme riche. Mais même avant, les gens avaient été de plus en plus nombreux à se tourner vers lui pour obtenir des subsides. Il n'hésitait d'ailleurs pas à secourir les plus misérables et à distribuer de l'argent ou de la nourriture, par exemple, à de multiples orphelins, servantes et veuves sans défense. Il avait aussi participé au financement des travaux de rénovation de la Maison du peuple d'Ykspihlaja et au versement du salaire de son concierge. Il était en outre de notoriété publique qu'il avait payé les cercueils des frères Jaakkola, fusillés par les blancs pendant la guerre civile, ainsi que le rapatriement de leurs corps et leur enterrement. Malgré son état de bourgeois, le marchand avait ainsi fini par acquérir une réputation de communiste. Pour en avoir le cœur net, et par pure provocation, les chemises noires du Mouvement de Lapua sollicitèrent la contribution du fortuné Tuomas Kokkoluoto au fonds de soutien de la « grande marche des paysans sur Helsinki », qui devait avoir lieu en juillet 1930.

Le marchand refusa tout net de lâcher un sou. Les fascistes et autres provocateurs n'avaient pas selon lui à parader dans la capitale en menaçant les autorités légitimes de l'État. Sans compter que les ventripotents propriétaires terriens impliqués dans cette stupide aventure étaient bien assez riches pour la financer eux-mêmes. Il n'en fallut pas plus. Les menaces de mort se mirent à pleuvoir sur Tuomas Kokkoluoto. L'ancien collègue de Hanna, l'instituteur Oskari Pihlaja, vint même clamer au vu et au su de tous qu'à ce train-là le marchand y laisserait sa vie et sa fortune.

Tuomas décrocha son fusil à phoques, jeta l'imprécateur dehors et laissa parler la poudre. Agitant le poing, Pihlaja jura que la vengeance des patriotes blancs s'abattrait bientôt sur le propriétaire de cette boutique de communistes. Riche ou pas, ce n'était pas à coups de pétoire qu'il se tirerait de la tourmente annoncée.

Les menaces se faisant au fil des semaines et des mois

de plus en plus violentes, Hanna suggéra à Tuomas de se mettre à l'abri, de partir en voyage en Amérique, par exemple, ou au moins de passer l'hiver à pêcher sur la côte suédoise, à Umeå ou Skellefteå, où il pourrait même chasser le phoque au printemps. Antti l'accompagnerait volontiers, et peut-être aussi Linnea. Les chemises noires l'avaient traitée de communiste, ce qui signifiait que sa maisonnette risquait de flamber par un beau jour d'hiver.

Mais Tuomas Kokkoluoto se refusait à fuir en Amérique, ou même en Suède. Il y avait bien assez d'épiceries-bazars à New York et à Umeå. Il préférait lutter. Il déclara à son épouse qu'il n'avait pas l'intention de prendre la poudre d'escampette. Les fascistes avaient déjà en partie renoncé à enlever et à tabasser leurs adversaires. Ils avaient perdu de leur brûlant enthousiasme et de leur pugnacité. Tuomas ajouta qu'il possédait un fusil à phoques en parfait état de marche, plus deux pistolets automatiques, des Mauser de fabrication allemande. Il apprendrait à Antti à s'en servir, afin que même en son absence il y ait toujours dans la boutique un homme sachant tirer. Et si Linnea le souhaitait, il lui enseignerait aussi à manier les armes.

Tuomas Kokkoluoto établit l'automne même un champ de tir privé à Sandstrand, à quelques kilomètres au nord-ouest de Kokkola, où s'étendait une plaine côtière assez vaste pour tirer si nécessaire au canon à munitions réelles. Il prit l'habitude d'organiser des séances de tir tous les dimanches, à l'instar de la garde blanche. Avec Antti, il attelait Galopin, qui commençait déjà à se faire vieux, et allait chercher Linnea Lindeman à Ykspihlaja pour aller à

Sandstrand. Dans sa charrette, il emportait des armes et des munitions, mais aussi un bidon à lait vide pour servir de cible. Hanna munissait les tireurs de chaudes couvertures de fourrure et d'un grand panier plein d'appétissantes provisions : harengs fumés, saumon salé, viande d'agneau, fromage et pain frais.

Le Lebel était un fusil fiable et précis. Avec une telle arme de guerre, un homme déterminé, ou pourquoi pas une femme de la trempe de Linnea, pouvait facilement protéger sa famille, au besoin. Tuomas avait à tout hasard acheté pour le charger plus de deux cents cartouches. Bienvenue aux chemises noires qui viendraient frapper à la porte de sa boutique dans un but assassin !

Antti s'avéra bon tireur. Linnea, de son côté, chassait depuis toujours avec son vieux fusil à phoques, un Enfield datant du XIXe siècle. Mais c'était une antiquité. Il n'avait pas de magasin et ne permettait de tirer que quelques coups par minute. Suffisant pour abattre sans mal des veaux marins, certes, mais trop lent pour tuer un homme.

Cette année-là, Antti et Linnea apprirent aussi à manier les Mauser. Tuomas en donna un à Linnea, gardant l'autre pour lui. Tout au long de l'automne et de l'hiver, le marchand, son fils et l'accoucheuse firent des cartons sur une berthe à lait ventrue. Quand les balles ricochaient sur le flanc du bidon, celui-ci résonnait d'un écho métallique, mais quand elles l'atteignaient de plein fouet, elles le transperçaient avec un bruit mat indiquant que le tireur avait touché sa cible. Souvent, le dimanche, en sortant de l'église, quelques gardes blancs venaient également s'entraîner au bord de la mer. Armés de fusils russes de trois lignes, ils canardaient des silhouettes humaines découpées dans du carton. C'étaient eux aussi de fines gâchettes.

À des miliciens qui s'étonnaient de l'utilisation d'un bidon à lait comme cible, Tuomas et Linnea répondirent que la berthe avait le profil d'un koulak pansu. En s'exerçant ainsi, on pouvait être sûr de mettre dans le mille en cas de véritable affrontement.

Les gardes blancs avaient pour chef un certain Ruben Leppänen, chasseur réputé et champion de lutte gréco-romaine, contremaître dans une tannerie. Il portait un pantalon à la hussarde et, sous sa veste de cuir, une chemise noire et une cravate bleue. C'était un patriote qui ne reculait devant rien pour défendre ses idéaux. Difficile, malgré tout, de se mettre à défourailler sur ce trio de rouges en plein jour, et un dimanche, d'autant plus qu'ils étaient tous fortement armés. Il était aussi gênant que la femme soit capable, à trois cents mètres, de loger dans le bidon à lait des balles qui en transperçaient la tôle avant de tomber au fond, la pointe écrasée. Le garçon aussi était bon tireur. Et le marchand avait fait sauter l'anse de la berthe d'un coup de pistolet, à cent mètres. Inutile de provoquer en duel des communistes aussi redoutables, sans compter qu'il était maintenant interdit de tuer des gens. Ruben fit cependant remarquer à ses hommes que ces plaisanteries guerrières ne resteraient pas longtemps impunies.

En ville, les gens trouvaient Tuomas Kokkoluoto bien belliqueux, avec ses stages de tir pour femmes et enfants. Ils le soupçonnaient d'être assez cabochard et arrogant pour préparer la relève, au cas où les chemises noires se mettraient en tête de le kidnapper. Le marchand, loin de chercher à faire taire ces rumeurs, se vantait au contraire, derrière son comptoir, d'avoir aussi une mitrailleuse dans sa sellerie. Munie d'une bande de cartouches et pointée sur la place du marché de Kokkola, prête à l'arroser. Linnea, quant à elle, était capable, même les yeux bandés, de sectionner d'une balle de fusil à phoques le câble de levage de n'importe quelle grue du port. Et Antti avait la main si sûre qu'il pouvait tuer un veau marin à cinq cents mètres et une bande entière de koulaks à un kilomètre.

10

La jacquerie de Nivala

Au début des années trente, Galopin, le hongre des Kokkoluoto, commençait à se faire trop vieux et trop lent pour de longues tournées commerciales. Le poulain acheté par Antti à Toholampi avait entre-temps grandi, et c'est ainsi qu'à l'été 1932, Tuomas décida de remplacer le premier par le second, plus jeune et plus fringant.

Hommes et chevaux sont en général bons amis, et il est donc rare d'envoyer à la boucherie un canasson vieillissant. Mais Tuomas, dans son métier de marchand, avait besoin d'un trotteur vigoureux et il se résolut donc à vendre Galopin. Il voulait cependant lui éviter de tomber entre les mains de maquignons véreux et lui trouver plutôt dans une ferme d'Ostrobotnie centrale la place d'accommodant et tranquille cheval de trait qu'il méritait. Il partit ainsi avec Antti parcourir la région, chacun aux rênes d'un attelage. Le poulain avait été baptisé Vif-Argent, nom qui lui allait comme un gant car il était rapide et endurant.

Dans de nombreux villages, les chevaux, durement touchés par l'interminable récession, souffraient d'anémie infectieuse. Affaiblis et efflanqués, ils offraient un spectacle lamentable. Ceux des paysans de Nivala paraissaient particulièrement éprouvés. Il ne semblait plus y avoir, dans ce village jadis réputé pour ses jumenteries, que quelques chevaux de trait encore valides, et aucun trotteur de la qualité de Vif-Argent.

Tuomas et Antti Kokkoluoto arrivèrent à Nivala au plus beau de l'été, en juin. Ils vendirent facilement Galopin, car, malgré son âge, il était bien nourri et en bonne santé. Harnais et charrette étaient compris dans le lot.

Le temps était doux mais l'atmosphère houleuse. Le vétérinaire-major Kaarlo Engelvuori avait cherché un remède à l'anémie dont souffraient les chevaux du canton et n'avait rien trouvé de mieux que d'ordonner aux paysans d'achever leurs animaux malades. La sentence venait de frapper Polka, la jument du fermier Sigfrid Ruuttunen. Engelvuori avait décidé que la maigre haridelle devait être abattue et sa carcasse enterrée profond dans les entrailles de la terre. À mort, donc, sans autre forme de procès, la fidèle et docile jument.

Les paysans ulcérés étaient farouchement opposés à ce carnage. Ils ne comprenaient pas que la société n'ait rien d'autre à leur proposer que de les priver de leur bien le plus précieux, leur cheval. Tombés au beau milieu de ces projets de tuerie, Tuomas et Antti Kokkoluoto proposèrent d'acheter Polka afin de tenter de la soigner. L'offre arrivait trop tard, car les esprits étaient si échauffés qu'il était devenu impossible de les calmer. Ruuttunen aurait finalement été prêt à mettre lui-même fin aux jours de sa jument, mais des centaines d'autres fermiers exigeaient qu'il refuse de se plier à l'impitoyable oukase du major Engelvuori. La police de Nivala se vit contrainte d'imposer à Ruuttunen une amende pour résistance à l'autorité et, comme il n'avait pas de quoi payer, de l'envoyer purger une peine de prison à Oulu. Tuomas Kokkoluoto aurait été prêt, à ce stade, à régler le montant de la contravention, mais il n'en était plus question car des centaines de paysans furieux s'étaient rassemblés à la gare de Nivala pour assister à l'embarquement de Ruuttunen. Bien qu'innocents et étrangers à l'affaire, Tuomas et Antti Kokkoluoto se trouvèrent ainsi mêlés à cette inattendue révolte de propriétaires de chevaux, qui dégénéra bientôt en une violente jacquerie.

L'irascible chef de la police rurale de Nivala, Bertel Vahlgren, tenta avec quelques-uns de ses hommes de rétablir l'ordre à la gare. Mal lui en prit, car ils se firent rosser en bonne et due forme, et lui-même dut payer cher son habituelle arrogance. Il ne restait plus qu'à appeler en hâte l'armée à la rescousse. Deux ou trois heures plus tard, une locomotive venue d'Oulu entra en sifflant dans la gare de Nivala, tirant des wagons à bestiaux où s'entassait une compagnie de soldats commandée par le capitaine Nils Pärm. L'officier — suédophone comme l'indiquait son nom, d'ailleurs déformé en Nisse Pärmi dans la bouche du peuple — parlait un finnois exécrable et passait pour quelque peu demeuré. Il ordonna à ses troupes de mettre les mitrailleuses des wagons en position de tir, d'y engager les bandes de munitions et de les braquer sur la foule. Face à la menace, les centaines de paysans en colère consentirent enfin à quitter la gare. Ils se regroupèrent à trois kilomètres de là, dans une ferme du hameau de Kuoppala.

Antti Kokkoluoto, après avoir ordonné à son père de rester à l'écart, s'avança pour tenter de raisonner Pärmi. Vu son jeune âge, il pensait ne pas risquer de se faire tuer, en tout cas pas de but en blanc. Il n'y avait aucune raison de tirer sur des hommes désarmés, fit-il valoir, l'émeute s'était calmée et il y avait sûrement moyen de discuter tranquillement.

« Tss, tss, marmonna l'officier, l'haleine chargée d'un léger relent d'alcool. Si fous ne fous dispersez pas fous aussi, fous êtes bons pour la prison d'Oulu. » Sans s'émouvoir de la menace, les Kokkoluoto exigèrent que l'armée rentre dans ses casernes avant qu'il ne se produise un malheur.

« Je vais payer l'amende de Ruuttunen et remettre cette jument sur pied, il ne sert à rien de l'abattre. Je m'y connais en chevaux et je sais comment les soigner », assura une nouvelle fois Tuomas.

La tentative de conciliation resta sans effet. Le capitaine fit descendre ses hommes du train et marcha à leur tête jusqu'à Kuoppala, où les paysans laminés par la crise s'étaient retranchés. Ils étaient armés de haches, de barres de fer et de quelques fusils. La supériorité de l'armée était cependant telle que les fermiers révoltés furent contraints de se rendre. Les deux cents émeutiers furent raccompagnés sous bonne garde à la gare et conduits à Oulu. Tuomas Kokkoluoto s'apprêtait à repartir de son côté avec Vif-Argent, mais il en fut empêché. On le somma de se joindre aux autres prisonniers. Nisse Pärmi jura qu'aucun instigateur de la rébellion ne s'en tirerait par de beaux discours.

« Tous au trou ! »

Tuomas ordonna à Antti de rentrer à Kokkola et de prévenir sa mère de ce qui s'était passé.

« Prends les choses en main et fais ce qu'il faut. »

Tuomas Kokkoluoto fut emmené avec le reste des émeutiers à la caserne d'Intiönkangas, à Oulu, et jeté au cachot. Les inculpés étant nombreux, les interrogatoires s'éternisèrent. Au début, les conditions de détention furent sévères, dans la prison en brique de la garnison, mais les fermiers furent peu à peu autorisés à rentrer chez eux. Le chef de la police rurale de Nivala engagea de nombreuses poursuites, et Tuomas lui-même ne s'en tira pas sans amende. Il eut beau expliquer qu'il était totalement étranger à la jacquerie et avait même tenté de jouer les médiateurs, rien n'y fit. Il resta enfermé trois jours avec cinquante autres détenus dans une cellule si exiguë que tous ne pouvaient y dormir en même temps. Sur les couchettes superposées ou sur le sol de pierre, ils tentaient à tour de rôle de trouver le sommeil. Tandis que les uns étaient allongés, les autres restaient debout quelques heures. Puis ils changeaient de place. On leur distribuait malgré tout de la nourriture, de la soupe de poisson froide et de l'eau tiède.

Peu à peu, la cellule se dépeupla, à mesure que les émeutiers étaient condamnés à des peines d'amende et libérés. Mais Tuomas Kokkoluoto resta sous les verrous. Le quatrième jour, son épouse se présenta à la caserne, plus belle que jamais, accompagnée de son fils Antti et, en prime, de

Linnea Lindeman. On sortit le marchand de sa cellule fétide, pour un interrogatoire au cours duquel Hanna déclara d'un ton ferme qu'elle entendait porter plainte contre le capitaine Nils Pärm et le chef de police Bertel Vahlgren pour détention arbitraire. Linnea regarda les investigateurs embarrassés dans les yeux et menaça de les expédier droit en enfer s'ils ne rétablissaient pas la justice et l'équité, tant à Nivala qu'à Oulu. La réputation de sorcière de Linnea Lindeman l'avait précédée. Le capitaine Nils Pärm tenta de sauver sa peau par une offre de paix :

« Foyons, mesdames, plus personne ne risque la prison, les accusations font être lefées et fous pourrez tous fous en aller. »

À l'issue de la jacquerie, des centaines d'hommes furent condamnés à des amendes et huit des meneurs à deux ans de prison. Le président de la République, Pehr Evind Svinhufvud, les gracia cependant au bout d'un an.

La jument Polka vécut encore de nombreuses années. Elle avait repris du poids après que Tuomas eut rempli de dix sacs de grain la grange de Sigfrid Ruuttunen.

11

Les chemises noires tombent sur un os

Hanna avait pris l'habitude d'emmener sa progéniture en vacances chez Linnea Lindeman à Ykspihlaja, en train, à la fin de l'été. La famille y restait en général une semaine. Les deux femmes faisaient des promenades en mer avec les enfants, cuisinaient du poisson gras, se doraient au soleil et échangeaient des potins.

Le mois d'août avait rarement été aussi beau qu'en cette année 1932. Tuomas et Antti étaient restés à Kokkola pour s'occuper du magasin. L'adolescent aurait bien aimé profiter lui aussi de la maisonnette de Linnea, mais son père avait décrété avoir besoin de lui en ville — il avait déjà quatorze ans et n'était plus en âge, à ses yeux, de partir en villégiature en plein été comme une fille ou un rejeton de bourgeois.

À peine Tuomas avait-il accompagné les vacanciers à la gare que l'instituteur Oskari Pihlaja, qui était maintenant retraité mais toujours surnommé Pihlaja le Simple, entra dans la boutique sous prétexte de menus achats. Il n'avait en rien l'air d'un vieillard et arborait fièrement sa tenue fasciste, pantalon à la hussarde, chemise noire et cravate bleu foncé. Il avait coutume de se promener en ville en bombant le torse et de bavarder avec les passants comme s'il avait été un influent protecteur du peuple. Il était toujours prompt à distribuer des conseils patriotiques, surtout à la jeunesse. Il ne manquait pas non plus de rappeler que, dans le magasin de Tuomas Kokkoluoto, on préparait en secret la révolution. Les exercices de tir organisés par le marchand en étaient à ses yeux un indice évident.

Oskari était à nouveau en campagne. Il acheta dans la boutique un sachet de semoule d'orge, puis demanda à Tuomas s'il avait l'intention de passer tout le reste de l'été en ville ou s'il comptait voyager pour affaires. Le marchand répondit qu'il n'avait pour l'instant aucun motif de se déplacer — maintenant que la jacquerie de Nivala était chose faite.

« On ne sait jamais quand on peut être appelé à partir en voyage, parfois même au loin », lança l'instituteur comme s'il s'agissait d'une bonne blague. Il paya sa semoule et s'en fut.

Dans la nuit, Oskari Pihlaja revint à la boutique de Tuomas Kokkoluoto. Il était cette fois accompagné de Ruben Leppänen. Celui-ci possédait une superbe Studebaker sur le siège arrière de laquelle attendaient un rouleau de corde et des sacs de jute. L'homme, qui était contremaître à la tannerie Hagström et vice-président de la Société de chasse de Kokkola, était un costaud d'une trentaine d'années à l'allure autoritaire. Il gara froidement sa belle voiture devant la boutique, coupa le moteur et sortit un pistolet de la poche intérieure de sa veste. Les arrivants tambourinèrent à la porte de la boutique et crièrent à Tuomas Kokkoluoto de sortir. Il était un peu plus de deux heures du matin. Une pénombre incertaine régnait sur la petite ville silencieuse.

Le marchand ensommeillé s'habilla et descendit dans la boutique, furieux d'être réveillé en pleine nuit. Pihlaja se serait-il mis à boire ? Voulait-il lui acheter de l'alcool à cette heure indue ? Tuomas n'en vendait jamais chez lui ni dans son magasin. Il était grossiste et livrait ses bidons au cul de la batteuse.

Sur le perron de la boutique, Oskari Pihlaja jeta un sac sur la tête de Tuomas Kokkoluoto tandis que Ruben Leppänen lui immobilisait les bras dans le dos avant de le propulser sur la banquette arrière de la Studebaker. Le champion de lutte attacha sans ménagement les mains et les pieds de sa victime, assez serré pour qu'elle ne risque pas de se détacher. Antti, qui avait pris le temps d'enfiler un pantalon et des bottes avant de descendre, se rua dehors en criant aux ravisseurs de relâcher son père. Oskari était en train de vérifier les liens de Tuomas pendant que Leppänen démarrait la voiture à la manivelle.

« Tu n'étais pas supposé être à Ykspihlaja avec le reste de cette marmaille bolchevik ? s'étonna ce dernier en voyant surgir l'adolescent. Retourne te coucher, il ne s'agit que d'un petit voyage d'affaires. Une virée à l'étranger, rien de plus. »

Antti ouvrit d'un geste brusque la portière de la voiture et tenta de libérer son père manu militari, mais Oskari Pihlaja lui flanqua son poing dans la figure et grogna :

« Allez, on l'embarque, on ne va pas s'embêter pour un gamin. Autant l'emmener lui aussi au paradis des rouges. »

Leppänen prit la route de Jyväskylä. Son sac sur la tête, Tuomas Kokkoluoto laissait échapper des râles étranglés. Il n'émit pas d'autres protestations, d'ailleurs comment l'aurait-il pu, il suffoquait. Au bout d'une demi-heure, il réussit pourtant à marmonner qu'il était inutile de l'étouffer. Il avait reconnu ses ravisseurs. Oskari Pihlaja se rendit à cet argument et le libéra de son supplice. Le marchand emplit ses poumons d'air, puis fixa l'instituteur retraité d'un regard méprisant. Avait-il définitivement perdu l'esprit ? Pourquoi diable les deux hommes l'avaient-ils enlevé ? Où allait-on ? Pourquoi l'innocent Antti avait-il été lui aussi kidnappé ?

Oskari Pihlaja eut un moment d'affolement. On aurait dit qu'il regrettait soudain toute l'aventure, alors qu'elle venait à peine de commencer. Il se lança dans un discours vibrant d'émotion sur la noble cause de l'indépendance de la Finlande et les sacrifices qu'elle exigeait.

« Arrête tes conneries. »

Élevant la voix, l'instituteur se déclara profondément déçu de voir à quel point le marchand, auparavant si respecté et si digne de confiance, s'était laissé contaminer ces dernières années par la pernicieuse idéologie communiste.

La nuit était belle et, si le but de la balade n'avait pas été aussi grave, elle aurait pu être très romantique. Aux alentours d'Isokyrö, l'aube commençait à blanchir le ciel. Deux élans qui traversaient la route prirent peur au bruit du moteur de la Studebaker fonçant vers l'est à cent kilomètres à l'heure.

Leppänen et Pihlaja exposèrent à Tuomas et à Antti leurs idéaux nationalistes, tentant par là de justifier leur crime. L'instituteur expliqua que ses motifs n'avaient rien de personnel. Il ne cherchait, par cette action radicale, qu'à défendre l'intérêt général du pays, compromis par les menées révolutionnaires des communistes. Plutôt que de laisser les rouges corrompre la saine société finlandaise, mieux valait les déporter de l'autre côté de la frontière, dans la grande et puissante Union soviétique.

« Nous sommes des hommes épris de justice qui appliquons notre propre loi, la loi de l'intérêt de la patrie. Nous sommes le Verrou de la Finlande », proclama Pihlaja.

« J'ai envie de pisser », déclara Leppänen peu après avoir pris à Seinäjoki la direction d'Ähtäri, par une route traversant de profondes forêts. Il arrêta la voiture. Les ravisseurs descendirent sur le bas-côté, ouvrirent leur braguette et se soulagèrent. Soudain, Leppänen remarqua deux grosses poules des bois qui traversaient la chaussée en se dandinant. Son instinct de chasseur se réveilla, il sortit son pistolet et partit au petit trot à leur poursuite sous le couvert des arbres. Pihlaja lui emboîta le pas, bientôt imité par Antti Kokkoluoto. Ce dernier ramassa une pierre de la grosseur d'un poing, courut derrière lui et le frappa à la nuque. Le retraité s'effondra inanimé sur le sol moussu. Antti confisqua l'arme qu'il tenait à la main, retourna en hâte à la route, sauta dans la voiture et délia les mains et les pieds de son père. Tuomas Kokkoluoto étira ses membres engourdis. Antti repartit au pas de course dans la forêt sur les talons des ravisseurs. Il tomba bientôt sur l'instituteur qui se frottait la tête en reprenant ses esprits. Plus loin, deux coups de feu claquèrent. Leppänen chassait le tétras. Il revint d'ailleurs bientôt sur ses pas, une poule des bois à la main. Alors qu'il pensait rejoindre son acolyte, quelle ne fut pas sa stupéfaction de se trouver soudain nez à nez avec le fils Kokkoluoto. Il n'eut pas le loisir de s'étonner bien longtemps, car Antti le captura séance tenante, le dépouilla de son attirail guerrier, pistolet et couteau, et le poussa avec Pihlaja jusqu'à la route. L'adolescent ramassa aussi le gibier que Leppänen avait laissé choir dans la bruyère.

Tuomas et Antti Kokkoluoto ligotèrent solidement les ravisseurs avec leurs propres cordes et, pour plus de sûreté, leur couvrirent la tête d'un sac. Le marchand tourna la manivelle de la Studebaker, se mit au volant et roula jusqu'au premier carrefour permettant de faire demi-tour vers Kokkola.

« Direction l'ouest ! Vous ne valez pas la peine qu'on vous fasse visiter la grande Union soviétique », déclara-t-il en reprenant à vive allure la route par laquelle ils étaient venus. Le soleil était levé quand ils arrivèrent à Kokkola. Pihlaja et Leppänen n'avaient rien dit de tout le trajet. Ils semblaient ne plus avoir d'idées patriotiques à développer.

Tuomas Kokkoluoto se gara en plein milieu de la place du marché et ordonna à ses prisonniers de descendre de voiture et de s'asseoir sur un banc. Avec l'aide d'Antti, il les attacha soigneusement l'un à l'autre par les mains, avant de leur annoncer qu'ils avaient de bonnes chances d'être libérés quand l'endroit s'animerait au matin. Les poissonniers arrivaient en général vers six heures. Jusque-là, Pihlaja et

Leppänen devraient hélas rester ligotés là, un sac sur la tête. C'était ainsi.

La seule autre solution aurait été d'aller droit au commissariat et de remettre les ravisseurs aux agents de service. Mais vu la nature de l'affaire, il ne semblait pas utile pour l'instant d'y mêler des autorités a priori bien disposées envers les chemises noires, ni de s'exposer à des interrogatoires compliqués.

Ruben Leppänen demanda à Tuomas Kokkoluoto s'il avait l'intention de s'approprier la Studebaker. L'idée plut au marchand, qui proposa même au champion de lutte de lui acheter son véhicule. Après tout, les voitures utilisées pour commettre des délits étaient en général confisquées et, à l'époque de la prohibition, celles des trafiquants qui se faisaient pincer étaient passées par pertes et profits. Le rapt étant un crime plus sévèrement puni que la contrebande, Leppänen avait tout intérêt à envisager de vendre.

Le ravisseur se réjouit. Du fond de son sac, il marmonna un prix. C'était à peu de chose près l'équivalent d'une batteuse avec son chargement d'alcool. Tuomas Kokkoluoto trouva l'offre avantageuse et l'accepta avec reconnaissance. Il promit de payer la somme demandée dès la semaine suivante. Au bout du compte, on pouvait considérer cette expédition nocturne comme un essai sur route de la Studebaker. Avant de remonter dans la luxueuse berline, Antti lança d'un ton goguenard aux ravisseurs ensachés :

« Ce soir, chez nous, c'est poule des bois rôtie ! »

Ruben Leppänen et Pihlaja le Simple furent découverts — humiliation suprême — ligotés l'un à l'autre sur la place du marché de Kokkola. Quand les marchands de poisson, après les avoir libérés, leur demandèrent comment ils s'étaient retrouvés en si fâcheuse posture, ils éludèrent la question et, sans autre commentaire sur leurs activités nocturnes, rentrèrent chez eux à pied, les membres ankylosés. Le contremaître se rendit le jour même à son travail à la tannerie Hagström, où il arriva malgré tout en retard, mais Oskari dut s'aliter, victime d'une crise d'apoplexie dont les effets ne firent qu'empirer au fil de l'automne.

Personne, à la tannerie, n'osa plaisanter à portée d'oreille de Ruben Leppänen sur sa tentative d'enlèvement. C'était un lutteur bien entraîné et une fine gâchette, avec un œil de tueur et de chasseur et des nerfs d'acier comme tous les bons tireurs. Cela dit, il était plutôt satisfait d'avoir réussi à vendre sa coûteuse berline à Tuomas Kokkoluoto, et à un prix correct. Avec son salaire de contremaître, il n'aurait de toute façon pas pu garder très longtemps la grosse Studebaker et aurait bien été obligé de s'en débarrasser, à un moment où personne, à cause de la crise, n'était prêt à payer très cher pour une voiture de luxe.

À l'instigation de son père, Antti Kokkoluoto se chargea de débiter du bois de chauffage, en prévision de l'hiver, pour la famille d'Oskari. Sa femme — que l'on surnommait maintenant Pihlaja la Seulette — le soignait tendrement. Elle soupira devant l'adolescent que son mari avait toujours fait preuve d'une énergie débordante et, surtout dans sa jeunesse, d'une grande délicatesse. Sa congestion cérébrale avait hélas éteint la flamme du retraité vieillissant.

12

Les fiançailles d'Antti et de Kerttu

Au printemps 1934, Antti, qui venait d'avoir seize ans, était déjà un homme, malgré sa minceur encore adolescente. Il avait un corps viril et musclé et, au cours de catéchisme où il préparait sa confirmation avec un an d'avance, beaucoup de filles étaient amoureuses de lui. Mais Antti n'avait d'yeux que pour Kerttu Björkbacka, une fille de pêcheur elle aussi âgée de seize printemps qui habitait à une douzaine de kilomètres à l'ouest de Kokkola dans le village d'Öja, dans une île de l'archipel. Elle était jolie, de l'avis du jeune homme comme de bien d'autres, avec ses cheveux blonds, ses longues jambes et sa charmante maturité tranquille qui lui donnait presque l'air d'une adulte. On avait acheté à Antti une bicyclette sur laquelle il parcourait les routes sinueuses de la côte et prenait de plus en plus souvent le chemin d'Öja. C'était là-bas qu'il avait rencontré Kerttu, et il ne pensait plus qu'à elle.

Le village était peuplé de pêcheurs qui ne possédaient que de petits lopins de terre et de maigres champs. La plupart travaillaient donc en plus à charger et décharger des bateaux dans le port d'Ykspihlaja. Ils y venaient dans de grandes barques à rames pouvant contenir jusqu'à vingt hommes. Ils étaient suédophones et ne s'entendaient pas très bien avec les habitants d'Ykspihlaja, qui pour leur part parlaient finnois. Des bagarres éclataient parfois entre bandes, mais dans l'ensemble les îliens étaient de braves gens.

Antti Kokkoluoto trouva lui aussi à s'embaucher sur les docks d'Ykspihlaja. C'était le port le plus fréquenté de la côte et il y régnait une activité fébrile. À l'époque, il était courant de voir des adolescents travailler là, ou dans des usines, et Antti n'était pas trop jeune pour un emploi de docker. Il aurait bien sûr pu rester commis dans le magasin familial, mais il se jugeait trop vieux pour cela. Il voulait un travail d'homme qui lui permette de gagner seul sa vie.

Charger et décharger les bateaux était un dur labeur qui n'était fait ni pour les paresseux ni pour les gringalets. Les candidats se rassemblaient le matin sur les quais pour l'embauche. Les contremaîtres attribuaient à chaque équipe un navire ou un autre. Les dockers étaient en butte à bien des humiliations, insultés et traités comme des chiens. À bord, les capitaines et les officiers de pont leur donnaient du cœur à l'ouvrage en leur distribuant pendant les pauses des godets d'eau-de-vie. La besogne était pénible et les cadences souvent infernales. Antti se montrait pourtant à la hauteur. On chargeait en général dans les bateaux du bois de construction — madriers, planches et bastaings. Il fallait veiller à ce que les lots de sciages arrivés par camion ou par train s'élèvent sans encombre dans les airs et redescendent dans les profondeurs de la cale sans heurter les bords des écoutilles. On hurlait aux arrimeurs, comme à des esclaves :

« *Hiiop ! Horioppia ! Hiiva-iisi ! Lekoo !* »

Il fallait bien sûr comprendre *heave up, hurry up, heave easy* et *let go*, et donc lever, plus vite ou plus lentement, ou lâcher la charge dans la cale ou sur le quai.

Antti n'avait que rarement l'occasion de voir des navires autre chose que les cales. Parfois, pourtant, un officier de pont invitait les dockers à boire un coup à la fin de leur journée de travail. Ils montaient sur le tillac, titubants de fatigue, et s'accoudaient aux lisses de pavois. On leur permettait de jeter un coup d'œil à la coquerie et même à la passerelle. Quand on embarquait l'avitaillement, ils pouvaient aussi voir la cambuse. Ils savaient bien sûr distinguer la proue de la poupe et bâbord de tribord et connaissaient les termes les plus courants de l'argot des marins, tels que les bossoirs, qui désignaient aussi bien des appareils de levage que les seins des filles à matelots. L'équipe d'Antti devait aussi souvent pelleter du charbon dans la soute. Et pour terminer, ils verrouillaient les panneaux d'écoutille avant de les bâcher. À la fin de la journée, tous étaient noirs de poussière et si épuisés par le travail et les tournées de gnôle qu'ils parvenaient à peine à tituber jusqu'à leur dortoir. Mais Antti se lavait à l'eau de mer après avoir ôté sa cotte et partait pour la soirée courir le guilledou. Il en trouvait encore la force car à Öja l'attendait la jolie Kerttu. Elle habitait seule avec ses parents dans une petite maison de pêcheur. La masure était décrépie, mais le jardin florissant.

À cette heure de la journée, le père Björkbacka était souvent déjà avachi, ivre mort, dans le fauteuil à bascule de la véranda, les yeux fermés et la tête sur l'épaule, une main sur l'accoudoir, l'autre pendant inerte. Son épouse arrosait ses fleurs dans la fraîcheur du soir et saluait poliment Antti. C'était une femme frêle, menue et timide, peu bavarde. Les gens murmuraient qu'elle était folle. Qu'elle avait perdu la raison à cause de son poivrot de mari qui la battait et la maltraitait depuis des années, chaque fois qu'il était soûl. Kerttu était la benjamine de la famille, ses frères et sœurs avaient déjà quitté le foyer.

Les deux jeunes gens descendaient aussitôt au bord de l'eau, le rose aux joues. Antti mettait la barque de pêche du père Björkbacka à l'eau et souquait ferme jusqu'à l'île d'Aspskäret, à deux milles d'Öja, sur la côte sud de laquelle ils s'étaient aménagé un campement secret, au fond d'une anse rocheuse. Kerttu déroulait une couverture sur l'herbe de la prairie qui poussait là et tous deux s'étendaient dessus. Antti respirait le merveilleux parfum de la jeune fille. Leurs doigts s'entrelaçaient. Ils restaient allongés ainsi en silence, parfois jusqu'au matin. Un léger vent frais bruissait dans la tremblaie voisine, quelques pâles étoiles scintillaient dans la clarté de la nuit d'été. À voix basse, ils faisaient des projets de vie commune, dans un lointain avenir. Une brume blanche flottait sur la mer étale, les oiseaux de mer dormaient. Ils auraient pu avoir froid si leurs jeunes corps ne s'étaient pas mutuellement réchauffés. Kerttu voulait faire des études quand elle serait majeure. Elle ne souhaitait pas d'enfants, en tout cas pas tout de suite, et Antti devait respecter cette volonté. Si elle n'osait pas envisager d'être mère, c'était à cause de ses poumons fragiles.

Dans la tiédeur d'une nuit d'été, alors que le soleil se levait au-dessus des sombres forêts de sapins du plat paysage côtier, ils décidèrent de se fiancer en secret. La jeune fille avait les lèvres sèches, des taches rouges coloraient ses joues, son haleine semblait brûlante à Antti.

Tard dans la nuit, le jeune homme reprit les rames pour rentrer à Öja, d'où il pédala jusqu'à Ykspihlaja, dormit quelques heures dans son dortoir et repartit à son dur travail avec les autres dockers. Mais quand la semaine fut terminée et que vint le dimanche, il acheta avec sa paie du pain, du beurre et du cervelas et reprit son vélo pour aller dans l'archipel. Kerttu était en général seule chez elle ce jour-là, car sa mère était à l'église et son père au cabaret. Aucun des deux ne se montrait de la journée. La barque était à la disposition des amoureux et ils avaient devant eux toute une belle journée d'été.

Kerttu et Antti avaient installé à Aspskäret un campement confortable. Le jeune homme avait construit entre quelques arbres, en bordure de la prairie, une solide cabane de branchages. Kerttu joncha le sol d'herbes odorantes et étala dessus une couverture. Antti alluma devant l'abri un feu de camp à la chaleur duquel ils se restaurèrent. Il avait de fabuleuses histoires à raconter à propos de sa vie et de ses voyages sur terre et sur mer avec son père et sa mère. Il tut cependant son expérience de la contrebande d'alcool, car le père de Kerttu était un incorrigible ivrogne. La jeune fille aurait pu craindre que son fiancé le soit aussi. Il y avait bien assez à dire sur les ventes aux enchères forcées, les achats de chevaux et les exercices de tir. Antti évoqua avec une verve toute particulière la tentative d'enlèvement des fascistes, quelques années plus tôt, qu'il avait déjouée avec brio grâce à sa présence d'esprit, à son courage et à son habileté à manier les armes. Dans son enthousiasme, il sortit de la poche intérieure de sa veste le Mauser de son père. Il se vanta d'être capable de toucher la plume rectrice d'une mouette planant à plusieurs centaines de mètres dans les airs. Il appuya ses dires en tirant sur un bouquet de massettes de la rive, coupant net un épi. La démonstration ne plut pas à Kerttu, qui protesta qu'il ne fallait pas estropier par jeu des oiseaux, ni abîmer des plantes. Les roseaux avaient-ils une âme, s'insurgea Antti, pour qu'on n'ait pas le droit de leur tirer dessus ? La jeune fille répliqua que chaque chose avait sa valeur, y compris les pierres et les rochers, et qu'il ne fallait pas non plus les faire voler en éclats pour le plaisir. Confus, Antti rangea le pistolet dans sa poche.

Main dans la main, ils partirent se promener sur la grève et dans les bois. Kerttu connaissait de nombreuses fleurs et herbes dont sa mère lui avait appris les noms. Sous les feuillus poussaient en abondance des campanules, des linnées, des scheuchzéries et des orchis tachetés, tandis que la côte était bordée d'un épais tapis de massettes et, plus loin, d'une impénétrable jonchaie. De petites renoncules jaunes, du serpolet et des lycopes s'épanouissaient dans la pierraille, entre la mer et la prairie parsemée de matricaires, qui ressemblaient à des marguerites miniatures. Kerttu identifia aussi des pieds-de-chat, des herbes aux charpentiers et bien d'autres plantes. Dans les creux des rochers se nichaient des orpins et de fabuleuses petites saxifrages à fleurs roses.

Si Kerttu semblait connaître toutes les merveilles du monde végétal, Antti repérait au premier regard les garrots à œil d'or et les harles huppés qui nageaient en bordure de la roselière. Des mouettes et des sternes criaient dans le ciel au-dessus de l'île et, de temps à autre, un grand goéland brun revenait du large avec dans son bec un gros poisson aux écailles étincelantes. Dans les nuages planait un aigle de mer. Pointant du doigt son impressionnante envergure, Antti nota qu'il était assez fort pour enlever dans ses serres un mouton entier, ou au moins un bébé phoque, un blanchon, au printemps sur la banquise.

13

Rêve de maison

De tout l'été, Antti n'eut guère le loisir de passer chez lui à Kokkola. Son travail au port d'Ykspihlaja et ses escapades amoureuses dans l'archipel l'occupaient à plein temps. Les rares fois où il rendait visite à ses parents, il allait au sauna, changeait de sous-vêtements et mangeait comme un ogre. Pour le reste, il ne pensait qu'à Öja et aux charmes de Kerttu. Tuomas et Hanna lui firent part de leur inquiétude pour son avenir. Ils avaient espéré qu'il reprendrait le magasin et les activités commerciales de son père, mais il ressemblait de plus en plus à un trimardeur sans foi ni loi, sans compter qu'il s'était amouraché de la fille montée en graine d'un pêcheur ivrogne et d'une simple d'esprit. Hanna lui reprocha en particulier de préférer la fréquentation des dockers dont il partageait les quartiers à celle de Linnea. Il y aurait pourtant eu de la place pour lui dans la maisonnette de l'accoucheuse, mais il n'osait sans doute pas s'y montrer parce qu'il buvait avec les traîne-semelles du port et donnait tout son argent à cette péronnelle d'Öja, comment s'appelait-elle, déjà ?

Furieux de ces remontrances, Antti sauta sur son vélo pour reprendre le chemin de l'archipel. Tout en pédalant, il se dit que puisque ses parents ne le comprenaient plus, il ferait aussi bien de bâtir sa propre maison. Il ne pouvait de toute façon pas s'installer chez Linnea avec Kerttu. Ç'aurait été gênant, et chez les Björkbacka encore plus. Il ne supportait pas son futur beau-père. Quant à la mère de la jeune fille, elle était certes sympathique, mais sa neurasthénie n'était pas vivable à long terme.

Le rêve d'un logis à eux commençait aussi à séduire Kerttu. Ce serait merveilleux d'habiter avec son futur mari dans une jolie petite maison à Ykspihlaja ! Elle n'osait pas vraiment y croire, mais Antti lui assura que l'entreprise n'avait rien d'insurmontable. On trouvait facilement du bois de construction et s'ils dénichaient un terrain à leur goût, il lui suffirait de prendre un bail emphytéotique et de se mettre au travail. La maisonnette serait prête dès l'été suivant et ils pourraient s'y installer aussitôt qu'ils seraient officiellement fiancés.

Il y aurait deux pièces au rez-de-chaussée et l'on pourrait plus tard en aménager deux de plus sous les combles. Le dimanche suivant, Antti emmena Kerttu à vélo à Ykspihlaja. La jeune fille était assise sur la barre, une couverture et des gilets de laine attachés sur le porte-bagages. La route était longue, mais la balade agréable. À l'arrivée, ils allèrent manger une soupe de poisson au *Cercle de craie*. C'était un café plutôt fréquenté par la bourgeoisie, mais en une aussi grande occasion, Antti ne voulait pas mégoter sur le prix du repas.

Tout le reste de la journée, les jeunes gens parcoururent le bord de mer, où ils repérèrent plusieurs parcelles plus idéales les unes que les autres pour leur futur foyer. Antti pensait se faire embaucher dans une scierie, car les employés pouvaient y acheter des matériaux de construction pour une bouchée de pain. Les maisons d'Ykspihlaja étaient en général bâties avec des grumes échouées sur la grève, des pièces de meilleure qualité volées dans les parcs à bois et, pour finir, quelques planches et bastaings vendus pour presque rien par les scieries. Ces dernières étaient considérées par les habitants d'Ykspihlaja comme des fabriques de misère, tellement leurs salaires étaient bas. Il leur semblait donc naturel de prélever dans leurs stocks de quoi construire leurs habitations, histoire d'arrondir un peu la paie. Bâtir à Ykspihlaja ne coûtait pas cher. Au printemps, avant la reprise du trafic maritime, le village entier était un immense dépôt de planches. Il était impossible d'empêcher les vols et les patrons des scieries étaient bien obligés de s'accommoder de cette pratique.

La semaine suivante, Antti négocia la location d'une parcelle d'une dizaine d'ares dans le quartier de Kakaravaara, rue Kullervo. Comme il était encore mineur, il prit la liberté de mettre le bail au nom de son père. Ses rapports avec lui s'étaient détériorés au fil du printemps, et sa mère ne comprenait pas non plus qu'il avait grandi. Quand la maison serait prête, on lui pardonnerait sûrement cette initiative.

Avec l'arrivée des premières tempêtes d'automne, le projet prit un bon départ. Un immense train de bois tiré par un remorqueur en provenance de Kalajoki se trouva dispersé par les éléments en furie au large d'Ykspihlaja. Des milliers de grumes s'échouèrent sur les côtes des îles et jusque sur le continent. La plupart finirent au pied de la digue du port, d'où il était facile de les haler à terre au moyen de cordes. Aidé de deux solides dockers de ses amis, Antti repêcha soixante-dix troncs de pin écorcés de premier choix, qualité export. La règle du droit d'épaves était tacitement respectée à Ykspihlaja : quiconque récupérait des marchandises de valeur flottant en mer, et ce même sous les yeux du propriétaire, pouvait les garder.

Pour transporter les grumes jusqu'à la rue Kullervo, il fallait bien sûr un cheval. Antti demanda à son père de lui prêter Vif-Argent. Il s'agissait de véhiculer quelques dizaines de billons entre le port et un terrain où un chantier s'ouvrirait au printemps suivant. Le jeune homme ajouta que c'était aussi lui qui se chargerait de la construction.

Avec son attelage, il fallut deux jours à Antti pour mener la besogne à bien et pouvoir contempler sur la parcelle de la rue Kullervo un stock de près d'une centaine de grumes de grande longueur, grossièrement écorcées. Il avait l'intention de les équarrir au cours de l'hiver avant de les utiliser, au printemps, pour construire le rez-de-chaussée de sa maison. L'étage et le toit seraient faits de bastaings et de planches, et il comptait aussi menuiser lui-même portes et fenêtres. Il pourrait peut-être travailler d'ici là dans une scierie, en faisant des doubles journées. Il augmenterait d'autant son salaire, qui resterait malgré tout maigre, mais c'était mieux que rien.

Dans un village de la taille d'Ykspihlaja, les nouvelles vont vite. Tuomas Kokkoluoto ne tarda pas à découvrir la véritable nature du projet de construction de son fils. Quel culot ! Comment ce salopiot pouvait-il songer à fonder une famille alors qu'il n'était encore presque qu'un gosse ! Le marchand décida de mettre le holà à ces sottises dont toute la paroisse semblait faire des gorges chaudes. Il sauta dans sa Studebaker pour aller à Ykspihlaja, sur le terrain de la rue Kullervo, où Antti et Kerttu étaient occupés à déjeuner, assis sur une haute pile de grumes.

Tuomas salua poliment la jeune fille et pria son fils de le suivre un peu à l'écart. Quand ils furent hors de portée de voix, il se lança dans un virulent discours paternel. Il déclara avoir eu vent de l'intention d'Antti de se construire une maison sans lui en avoir demandé la permission et d'y vivre dans le péché avec sa petite amie du moment. Il ajouta d'un ton véhément que, d'après ce qu'il savait, le père de cette fille était un pêcheur arriéré imbibé d'alcool, et sa mère une malade mentale. Elle était aussi bien trop jeune, même si Antti ne croulait pas non plus sous le poids des années, et encore moins sous celui de sa cervelle. Il était temps de renoncer à ce rêve de maison insensé et de vendre les grumes. Rien ne l'empêchait de continuer à courir la gueuse, mais il y avait des limites à tout. Une chambre l'attendait au premier étage de la maison de Linnea. Dans quelques années, il pourrait commencer par se marier, si c'était ce qui le travaillait. Quoi qu'il en soit, mieux valait se débarrasser au plus vite de cette maigriotte.

« Occupe-toi donc de tes femmes, la mienne ne regarde que moi, cria Antti à son père.

— Pauvre idiot ! Hanna est ta mère », grogna Tuomas d'une voix sourde, et il sauta sur le râble du malotru.

Le père et le fils s'empoignèrent sauvagement. Il n'y eut cependant ni vainqueur ni vaincu, car Kerttu, qui avait observé la scène avec inquiétude du haut de la pile de grumes, se précipita pour les séparer. Elle saisit Antti par les cheveux et lui hurla de lâcher son père. Surpris, les combattants s'écartèrent d'un pas et époussetèrent leurs vêtements salis dans la bagarre. Puis ils regardèrent la jeune fille encore tremblante de saisissement. Un filet de sang vermeil coulait de la commissure de ses lèvres. Elle serra ses mains sur sa poitrine. Soudain son visage vira au gris et elle recula pour s'asseoir sur le tas de bois. De sa bouche s'échappaient maintenant des flots de sang. C'était une hémorragie pulmonaire.

Le père et le fils portèrent Kerttu, à demi inconsciente, sur le siège arrière de la Studebaker. Tuomas démarra pendant qu'Antti essuyait avec sa chemise les lèvres ensanglantées de sa fiancée. Ils la conduisirent droit à l'hôpital municipal. C'était un dimanche après-midi, mais elle fut aussitôt admise. Elle était trop faible pour pouvoir rentrer chez elle. Le lendemain, les Kokkoluoto furent informés par téléphone que Kerttu Björkbacka devait être transférée au sanatorium d'Oulu, où on lui avait réservé un lit. Tuomas et Antti, le cœur lourd, se chargèrent de l'y accompagner.

La tuberculose emporta Kerttu quatre mois plus tard, à quelques jours de Noël. Sa frêle dépouille fut inhumée dans la plus stricte intimité. Antti n'eut pas le courage d'assister à l'enterrement, mais il alla ensuite souvent se recueillir en silence sur la tombe de sa fiancée, tremblant de tout son jeune corps. Il regretta Kerttu toute sa vie, jusqu'à l'instant où il fut à son tour fauché par la mort, qui, à son endroit, ne se hâta pas.

Aucun avis de décès ne fut publié et aucune croix ne vint orner le tertre de sable sous lequel reposait la jeune fille. À l'approche du printemps, Antti revendit à une scierie les grumes de sa maison. Avec l'argent, il commanda une croix en fonte aux ateliers de construction mécanique Friis. Il connaissait bien sûr la date de décès de sa fiancée, mais pas sa date de naissance exacte. Aussi se tourna-t-il vers Linnea, dont c'était la spécialité, afin de lui demander quand Kerttu était née. L'accoucheuse connaissait peut-être aussi tous les prénoms de la jeune morte.

Linnea grommela qu'elle n'était pas un registre de baptême.

« Si tu ne veux pas poser la question aux Björkbacka, adresse-toi au bureau du pasteur. Il te renseignera, d'autant plus que tu étais paraît-il fiancé à cette pauvre petite. »

Antti suivit son conseil et bientôt une belle croix se dressa sur la tombe de Kerttu, avec une inscription en bonne et due forme. Il fit aussi paraître un avis de décès dans *L'Ostrobotnie centrale*, en son nom et en celui de la famille Björkbacka.

14

Service militaire et travaux de fortification

Antti Kokkoluoto atteignit sa majorité en 1939, au lendemain de l'Épiphanie. On en prit acte, mais sans fêter plus particulièrement l'événement. En février, il fut appelé sous les drapeaux et envoyé à la caserne d'Intiönkangas, à Oulu, là même où son père Tuomas avait été incarcéré au moment de la jacquerie de Nivala. Cette fois, il ne s'agissait pas de détention arbitraire mais simplement du service militaire, qui était obligatoire à l'époque pour tout mâle finlandais, et l'est encore aujourd'hui.

Antti était désormais adulte, sur le papier comme dans la réalité. Il était grand et mince et supportait sans peine l'entraînement militaire, prenant presque plaisir à courir équipé d'un fusil. Il avait la main sûre et, à trois cents mètres, il atteignait le plus souvent le centre de sa cible, mettant en général la balle de son Mosin-Nagant dans le dix, ou au moins dans le huit ou le neuf. Les exercices de tir organisés par son père quand il était enfant, dans la plaine côtière de Sandstrand, lui avaient appris à viser sans trembler, et son regard perçant portait loin.

En reconnaissance de son talent, la Garde civique d'Oulu lui décerna la médaille du Verrou de la Finlande, qui lui fut remise par une vieille connaissance, Ruben Leppänen, devenu contremaître en chef à l'usine Hagström d'Oulu. Personne ne fit allusion aux aventures et virées passées. Antti eut droit en prime à un congé exceptionnel. Son père vint le chercher avec la Studebaker à la caserne d'Intiönkangas. Ils emmenèrent Leppänen, qui voulait rendre visite à de vieux amis de l'Association de lutte gréco-romaine de Kokkola. Le contremaître en chef, qui avait aussi été élevé au grade de major de réserve, leur apprit que des étudiants avaient pris l'initiative de construire des fortifications sur la frontière orientale de la Finlande, dans l'isthme de Carélie. La menace de l'ennemi héréditaire russe atteignait une nouvelle fois un niveau insupportable. Leppänen tenta de convaincre Antti de se joindre aux milliers de volontaires qui partaient pour l'est, une fois qu'il aurait terminé son service militaire, à la fin du printemps. La sécurité de la patrie était en jeu. Le major savait que les Kokkoluoto s'y connaissaient en chevaux. Transporter des blocs de pierre des carrières aux lignes d'obstacles antichars exigeait des bêtes solides et de bons conducteurs, ainsi que des tireurs d'élite, au cas où des espions soviétiques viendraient de nuit observer le chantier. La paie était de quatre cents marks par journée de travail, plus le fourrage. Avec deux chevaux, le père et le fils pourraient gagner une belle somme, pendant les mois d'été, et contribuer en même temps à la défense de la patrie.

« Une balle entre les deux yeux aux Russkofs, hein, Antti !

— En attendant, que penses-tu de l'état de cette voiture, excellent, non ? » demanda fièrement Tuomas Kokkoluoto à Leppänen.

Les efforts de recrutement du major ne restèrent pas lettre morte, son discours donnait à réfléchir. Au cours de sa brève permission de trois jours, Antti se rendit non seulement sur la tombe de Kerttu, mais aussi en visite chez Linnea Lindeman, avec son père et sa mère, dans leur belle Studebaker. En l'honneur de sa médaille, ils passèrent même deux jours à Ykspihlaja. Ils dormirent dans la maisonnette de l'accoucheuse et se promenèrent en barque sur la mer printanière. Ils allumèrent un feu de camp dans la petite île de Nälkäkari et firent un solide repas de poisson gras, accompagné de galettes préparées par Linnea. Tuomas — sans s'oublier lui-même — proposa même aux deux femmes et à son fils en uniforme gris, assis perdu dans ses pensées, une rasade d'authentique alcool de contrebande du bon vieux temps. Ils n'en burent cependant que quelques dés à coudre et, sans que l'ivresse y soit pour rien, échangèrent à n'en plus finir souvenirs et anecdotes. Les garrots à œil d'or, les macreuses brunes et les harles huppés étaient déjà de retour, les hareldes lançaient leur appel mélodieux, les sternes se dirigeaient vers l'océan Arctique.

Tuomas raconta à Linnea que Ruben Leppänen lui avait proposé d'aller avec Antti et leurs chevaux à la frontière orientale, pour y charrier des obstacles antichars. Des milliers de volontaires, des étudiants, se rassemblaient là-bas. Il avait maintenant deux trotteurs dans son écurie, car il avait acheté en plus de Vif-Argent un hongre brun qu'il avait baptisé Ouragan à cause de son caractère ombrageux. Pour le reste, c'était un animal vigoureux et bien bâti.

Alors qu'Antti s'était éloigné du feu de camp et de la compagnie des anciens pour s'asseoir sur les rochers de la rive, plongé dans ses rêveries, Linnea Lindeman laissa son regard courir sur lui, puis annonça que la guerre allait éclater.

« Les Russes seront bientôt là. »

Tuomas confessa que ce serait peut-être une bonne idée, en fin de compte, de partir avec Antti fortifier la frontière. En deux mois, avec sa paire de chevaux, il pourrait gagner en Carélie un gros paquet de billets. Il fit un rapide calcul :

« En travaillant tous les jours, dimanche compris, ça ferait 48 000 marks. »

Hanna émit des doutes sur la sagesse du projet. Tous leurs enfants avaient quitté la maison, s'étaient mariés et avaient trouvé du travail, pour certains dans des villes aussi éloignées que Tampere. Il ne lui restait qu'Antti et Tuomas. Ils risquaient d'y perdre la vie, en plus de bons trotteurs.

Linnea la rassura :

« Ne t'en fais pas, Antti ne mourra pas à la guerre. Pour Tuomas, je n'en suis pas si sûre, ni pour Ouragan et Vif-Argent, mais ton mari commence à se faire vieux, et on peut toujours racheter des chevaux.

— Très drôle », rigola Tuomas, puis il appela Antti, resté sur la grève à se remémorer ses promenades en barque avec Kerttu, au printemps.

Il fit part à son fils de sa décision d'aller en Carélie avec leurs deux chevaux. Ils partiraient dès qu'Antti aurait été rendu à la vie civile. Et se feraient de l'argent en servant la patrie !

« Je vais me porter volontaire, annonça le jeune homme. Je prendrai Ouragan, tu pourras prendre Vif-Argent, mais tu ne devrais pas non plus trop penser à l'argent. »

Antti Kokkoluoto fut libéré du service militaire au début du mois de juin et versé dans la réserve en tant que caporal du train. À la gare de Kokkola, on fit monter Vif-Argent et Ouragan dans un wagon de chemin de fer, dans le même convoi qu'une centaine de volontaires venus de Pietarsaari qui s'en allaient fortifier la frontière carélienne. Sur le quai, on prit une photo solennelle des étudiants en partance, vêtus de bleus de travail et munis des pelles dont ils avaient fait leur emblème, aux côtés de leurs auxiliaires féminines, les lottas, arborant leurs tabliers blancs. Le photographe de la *Gazette suédoise* prit aussi pour son journal, par la porte de leur wagon à bestiaux, un cliché de Vif-Argent et d'Ouragan, mais il n'y avait pas assez de lumière et le portrait ne fut jamais publié.

Tuomas et Antti Kokkoluoto rallièrent l'isthme de Carélie dans leur Studebaker, à bord de laquelle ils embarquèrent aussi six lottas.

En travaillant aux fortifications avec leurs chevaux, le père et le fils engrangèrent cet été-là de confortables revenus. Les bataillons de volontaires creusaient des tranchées et taillaient des blocs de granit. Aidés de Vif-Argent et d'Ouragan, Tuomas et Antti charriaient de la carrière à la ligne de défense ces dents de pierre de plus de un mètre de haut. Celles-ci étaient ensuite solidement plantées dans le sol afin de faire obstacle à l'avancée des blindés ennemis. Leur partie visible ne s'élevait en général pas à plus de deux coudées. Elles étaient disposées à deux ou trois mètres d'intervalle, le plus souvent sur deux rangs, parfois sur trois ou quatre. Les blocs de granit se dressaient fièrement tels des soldats prêts à accueillir l'ennemi héréditaire. On murmurait que les Popoffs avaient déjà prévu de donner des noms russes aux rues de Helsinki et d'y mettre des plaques en cyrillique.

Les pierres étaient transportées sur des travois. Des charrettes ou des traîneaux n'auraient pas supporté leur poids. Pour les charger, il fallait au moins quatre hommes, six dans le cas des plus grosses, armés de leviers. C'était un travail pénible et la construction de la ligne d'obstacles antichars de la frontière ne progressait que très lentement. Antti suggéra que l'on renonce aux barres à mine pour utiliser une méthode plus pratique et plus rapide, en soulevant les blocs à l'aide d'un palan et d'un crochet. Avec son père, il construisit un solide trépied en madriers équipé d'une grosse chaîne de levage que l'on serrait autour du bloc de granit extrait de la carrière. Deux hommes suffisaient ainsi à le hisser lentement dans les airs. On glissait le travois dessous et on reposait la pierre. On déplaçait le trépied, on attelait le cheval et en route ! La méthode, une fois testée, fut aussi adoptée sur les autres chantiers.

Les lottas chargées du ravitaillement apportaient deux fois par jour des repas chauds aux hommes travaillant dans les carrières et sur la ligne de défense. Il y avait en général de la soupe aux pois ou des pommes de terre en sauce.

Parfois aussi quelques bidons de lait caillé. Une charrette attelée d'un cheval passait vendre du tabac, jusqu'à ce que l'on dresse une baraque pour les cantinières dans un champ proche du chantier de fortification, en lisière de la forêt. Pendant les pauses, les hommes faisaient la queue, torse nu, pour acheter des cigarettes ou une tasse de café. Certains avaient même de quoi s'offrir de la limonade.

Antti fréquentait la cantine plus souvent que les autres. Il avait repéré une jolie rousse dont le rire joyeux résonnait à l'orée des bois tandis qu'elle servait du café aux volontaires. Antti était jeune et svelte, et avait plus d'argent que les autres. Aussi lampa-t-il en quelques semaines davantage de limonade que jamais auparavant. Enfin, la jeune fille se rendit compte qu'il n'était pas tant attiré par la pétillante boisson rouge nouvellement à la mode que poussé par un désir bien naturel pour un homme de son âge. Il n'en fallut pas plus pour qu'ils lient connaissance et nouent bientôt des relations plus intimes, facilitées par la belle Studebaker de Tuomas Kokkoluoto. Le soir, après avoir nourri les chevaux et bu une limonade, Antti s'installait en douce au volant de la voiture de son père et restait à attendre avec impatience la belle Suoma Oinonen, âgée de dix-neuf ans à peine, qui le rejoignait par un chemin connu d'eux seuls. Le jeune homme, qui se considérait comme un bon conducteur, la promenait dans les villages voisins, et même plus loin. Ces balades nocturnes consommaient bien sûr de l'essence, mais la vie leur semblait à tous deux plus merveilleuse que jamais.

15

Réconciliation dans les forêts de Carélie

À l'automne, le bruit courut qu'il n'y aurait peut-être finalement pas la guerre. Une délégation conduite par Paasikivi s'était paraît-il rendue à Moscou afin de s'entendre avec Molotov sur d'importantes questions d'État. Les hommes mûrs firent cependant remarquer qu'on ne pouvait pas faire confiance aux Popoffs et que comme ni Paasikivi ni les autres ne parlaient russe, il était facile de les rouler dans la farine. Quelqu'un protesta que Paasikivi parlait mieux russe que Molotov.

Tuomas Kokkoluoto avait découvert que son fils empruntait presque tous les soirs la Studebaker pour de mystérieuses promenades. Il l'interrogea sans ménagements et finit par lui faire avouer qu'il s'agissait d'une histoire plus sérieuse que d'habitude : il s'était fiancé avec Suoma. Dans ces circonstances, une belle voiture était un atout. La main sur le cœur, Antti promis de rembourser les frais d'essence à son père s'il pouvait faire chaque soir ne serait-ce qu'un kilomètre ou deux pour aller dans un endroit tranquille, sur un petit chemin ou à l'ombre d'une grange. Ils avaient tant de choses importantes à se dire, surtout avec la guerre qui menaçait. Suoma était originaire de Kajaani, mais Antti n'avait pas l'intention de l'emmener aussi loin.

Tuomas comprenait les envies de mariage de son fils. Celui-ci était désormais majeur, ce qui n'était pas le cas à l'époque de la pauvre petite Kerttu. Le marchand se rappelait sa propre jeunesse, à Kokkola, quand il courtisait la ravissante institutrice d'Ykspihlaja. Lui non plus n'avait pas regardé à la dépense quand il attelait son trotteur pour promener la plus belle femme de la côte à travers les villages endormis d'Ostrobotnie. Hanna était d'ailleurs toujours aussi séduisante, malgré ses six enfants. Antti lui ressemblait un peu. Mais Tuomas se reconnaissait dans ses manières. Tel père tel fils.

Le marchand songea qu'il était peut-être temps de reparler de leur empoignade, à l'époque de Kerttu. Cinq ans s'étaient écoulés depuis. Ses relations avec son fils avaient été pendant toute cette période plus distantes qu'il ne l'aurait voulu. Mais voilà, le sujet était délicat, y revenir lui semblait au-dessus de ses forces. Antti se rendit compte que son père cherchait à lui dire quelque chose d'important et de difficile. Il comprit soudain :

« Tu repenses à cette histoire, quand Kerttu était là ? »

Soulagé, Tuomas expliqua d'une traite que cette affaire le minait depuis des années. Leurs relations en avaient trop souffert. Antti reconnut que leur pugilat n'avait cessé de lui peser.

« Faisons la paix, suggéra Tuomas.

— Volontiers. »

Le père et le fils se serrèrent la main. Cinq ans de brouille et une franche réconciliation. À la finlandaise.

Il fut convenu qu'au lieu de sillonner sans but la campagne carélienne, Antti se contenterait de rester assis dans la voiture avec sa Suoma.

« Et évite de l'attirer sur la banquette arrière, ça ne fait que salir le cuir et engendrer des bâtards. »

Inspiré par les projets de son fils, Tuomas Kokkoluoto se dit qu'il pourrait, et surtout devrait, envisager lui aussi de se lancer dans des aventures galantes avec des lottas. Cela faisait des semaines qu'il n'avait pas eu l'occasion de respirer le parfum d'une femme. Il songea un instant à Hanna, mais Kokkola était loin, impossible d'y faire un saut.

Le marchand tenta de convaincre la plus âgée des cantinières, Senja Kämäräinen, de venir faire un tour dans sa belle Studebaker, lui faisant miroiter d'un ton mielleux une relation d'amitié et de confiance telle qu'il s'en noue entre homme et femme. La lotta comprit aussitôt qu'il ne s'agissait pas d'une simple promenade en voiture dans la nuit d'été en compagnie d'un gentleman par ailleurs tout à fait fréquentable. On tentait de l'inciter à la débauche, elle, une femme respectable, patriote et prête à tous les sacrifices, et avec un homme marié, en plus.

Senja Kämäräinen sermonna d'un ton sévère Tuomas Kokkoluoto. Elle souligna à quel point il était essentiel, au seuil de la guerre, que la nation finlandaise fasse preuve d'un comportement irréprochable au cours des combats qui ne tarderaient peut-être pas à éclater. Les propos obscènes portaient gravement atteinte à la vertu publique, et encore plus privée.

Tuomas tenta de se défendre en faisant remarquer à Senja Kämäräinen que son fils fréquentait lui-même une lotta, Suoma, depuis déjà un certain temps.

« Ça n'a rien à voir ! Ces deux jeunes gens à l'âme pure envisagent de s'unir par des liens sacrés et légitimes, et aucun d'eux n'est marié. »

Le marchand dut renoncer à son projet, pourtant alléchant, de fréquenter une lotta, et se rabattre sur l'institutrice principale du proche village de Putkisoja. Séduire les enseignantes était dans ses cordes. Elles avaient toutes un faible pour lui, à commencer par Hanna. Il se contenta donc de promener dans sa belle voiture sa nouvelle conquête, qui n'était à vrai dire plus toute jeune et dégageait de puissants effluves de sueur et de parfum mêlés.

Une semaine plus tard, Senja Kämäräinen lui fit cependant savoir, par l'intermédiaire d'Antti, qu'elle souhaitait lui parler en tête-à-tête le soir même, dans le bois derrière la cantine. Curieux, Tuomas se rendit au rendez-vous. Loin de se lancer cette fois dans un discours réprobateur, la lotta revint sur la nécessité impérative de préserver la morale publique face aux menaces de guerre. La droiture de la nation était aussi importante que l'armement des troupes. Il fallait donc absolument, au cas où ils en viendraient à nouer des relations intimes, que l'affaire reste secrète. Ce n'était qu'à cette condition qu'ils pourraient tous deux être certains de ne pas donner à leur entourage, par leur conduite personnelle, un exemple de relâchement des mœurs.

Ils testèrent le soir et la nuit mêmes ce nouvel arrangement, au cours d'une promenade en Studebaker interrompue par un ou deux arrêts dans des lieux discrets. Tuomas Kokkoluoto ne put s'empêcher, en son for intérieur, de comparer ses deux maîtresses. L'institutrice était pleine d'enthousiasme mais sentait trop fort ; la lotta, malgré son caractère soupe au lait, était sans conteste plus performante.

L'isthme de Carélie fut peu après le théâtre de grandes manœuvres rassemblant des milliers de soldats. Au total, plus de vingt mille hommes s'entraînèrent à la guerre pendant une semaine entière. Toute la région était en proie à une agitation fébrile. Il régnait une atmosphère de défi mêlé de crainte. Les défenseurs de la patrie étaient déterminés à ne pas se laisser surprendre par l'Armée rouge.

Un mois plus tard, on organisa des manœuvres supplémentaires auxquelles le caporal Antti Kokkoluoto fut cette fois convoqué. Il devait rejoindre son unité à Suonenjoki. Vif-Argent et Ouragan furent également réquisitionnés par l'armée.

Tuomas reçut d'Ykspihlaja une lettre de Hanna et de Linnea le pressant de revenir au plus tôt dans sa famille à Kokkola. La guerre avait éclaté en Europe. La puissante Pologne avait été envahie. Et la voyante avait fait un songe : si le marchand ne rentrait pas vite chez lui, il y laisserait la vie.

En tant qu'auxiliaire féminine de l'armée, Suoma Oinonen reçut une nouvelle affectation au moment du lancement de la seconde phase, encore plus massive que la première, des manœuvres supplémentaires. C'était une mobilisation déguisée. La jeune lotta fut envoyée s'occuper des réfugiés qui arrivaient de plus en plus nombreux, fuyant les villages reculés de l'est de la Carélie avec leurs vaches, leurs taureaux, leurs porcs et leurs chevaux tirant des charrettes où s'entassaient en plus de leurs maigres biens des enfants et des vieillards. Une noria de trains amenaient de nouveaux détachements militaires à la frontière russo-finlandaise et en repartaient chargés de familles évacuées de chez elles. L'heure était grave.

Antti fut enrôlé comme conducteur de chevaux dans le train du 34e régiment d'infanterie de la 12e division. Cette dernière était massée dans l'isthme de Carélie, dans le secteur de Summa. Le jeune homme aurait en réalité dû intégrer les rangs de troupes stationnées plus au nord, mais après qu'il avait indiqué avoir passé l'été comme conducteur sur le chantier des fortifications de Carélie, on l'avait affecté dans la région. On y aurait paraît-il bientôt besoin de recrues de qualité, dotées d'une bonne vision nocturne et d'une main sûre. Avant son départ, Antti eut le temps de revoir brièvement Suoma à Kajaani. Il descendit à l'auberge *Kajanus*. Dans la petite chambre tapissée de papier à fleurs, les jeunes gens se livrèrent à l'exploration timide mais passionnée de l'alchimie de leurs corps nus. Afin d'éviter toute naissance prématurée, et surtout antérieure à la bénédiction nuptiale, ils s'en remirent à la bonne vieille méthode du coït interrompu. Le lendemain matin, la ville de Kajaani fut bombardée. Antti devait rejoindre son unité. Suoma rentra chez elle dans le quartier de Teppana, sur la rive nord de la rivière traversant la ville. Aucun d'eux ne savait de quoi l'avenir serait fait, d'ailleurs personne ne le savait. Ils étaient angoissés et effrayés par l'explosion de la guerre, mais aussi, comme ils avaient décidé de se marier, plus heureux que jamais.

16

La guerre d'Hiver du caporal Kokkoluoto

Le caporal Antti Kokkoluoto se présenta fin novembre à l'état-major du 34e régiment d'infanterie, dans le village de Summa. Le major du train Lars Koitelainen le nomma aussitôt chef d'un groupe de conducteurs, le dotant de six subordonnés, six chevaux et une selle. Sa compagnie était forte de cent hommes et de quatre-vingts bêtes et, au total, le train de la division en comptait des milliers de chaque. L'ensemble était placé sous les ordres du lieutenant-colonel Wolf H. Halsti, que la troupe jugeait sévère mais juste, et doté d'un solide sens de l'organisation.

Dans le secteur de Summa, les combats commencèrent en décembre. Les troupes de couverture avaient réussi jusque-là à retarder l'ennemi. C'était maintenant au tour du gros de l'armée de faire face aux assaillants. L'ennemi était nettement supérieur en nombre et disposait d'artillerie lourde, de chars d'assaut et d'avions. Impossible d'assurer de jour le ravitaillement de la première ligne, car l'aviation aurait vite anéanti les colonnes de chevaux en marche. Les combattants avaient reçu des tenues de camouflage d'hiver, mais on en manquait pour les conducteurs. Ceux-ci accueillirent la nouvelle en se vantant de n'avoir que faire de combinaisons blanches tant que leurs chevaux n'en avaient pas aussi. Et dans l'obscurité de la nuit, peu importait en effet qu'ils soient habillés d'un manteau de bure ou d'autre chose. Beaucoup portaient d'ailleurs encore au début de la guerre leurs vêtements civils, car il n'y avait pas assez d'uniformes pour tout le monde.

Sur les chemins de ravitaillement nocturnes, on pouvait voir circuler des colonnes de deux ou trois cents chevaux. Au plus fort des combats, ils étaient parfois un millier à tirer leurs lourdes charges. Bon nombre d'entre eux venaient de villages suédophones d'Ostrobotnie et, au début, ils ne comprenaient pas les ordres en finnois, mais ils apprirent vite et tout se passa pour le mieux. C'étaient des animaux vigoureux et intelligents. Ils partaient avec des traîneaux pleins de munitions d'artillerie, de vivres et d'armes d'infanterie. Au retour, ils ramenaient les blessés dans les hôpitaux de campagne et les morts dans les dépositoires.

Aux alentours de Noël, il y eut dans le secteur de Summa plusieurs batailles d'une violence inouïe au cours desquelles les Russes pilonnèrent les Finlandais à l'arme lourde avant que l'infanterie, appuyée par des blindés, ne tente une percée. Les défenseurs étaient à bout de forces. On ne comptait plus les morts et les blessés. Les hommes épuisés qui grelottaient dans les tranchées et les trous d'obus de la ligne de front souffraient de gelures aux mains et aux pieds. La sanglante tragédie de la guerre ne connaissait aucune trêve. Les troupes envoyées en renfort étaient mal entraînées et subissaient de ce fait des pertes effroyables. La mort fauchait cependant sa moisson la plus cruelle dans les rangs de l'ennemi. Côté soviétique, l'individu n'avait aucune valeur en soi. Le soldat n'était que de la chair à canon, bon à se ruer sous la mitraille.

À Noël, après une intense préparation d'artillerie, l'ennemi tenta une nouvelle fois une percée dans le secteur de Summa. Les tanks parvinrent d'ailleurs à enfoncer les lignes, mais l'infanterie finlandaise tint bon malgré les Russes parvenus jusque dans ses tranchées. Face au danger, tous ceux qui en étaient capables durent prendre les armes : chefs de pièce, ambulanciers, estafettes de l'état-major et même conducteurs de chevaux et gardes du train qui se reposaient sous leurs tentes.

Antti Kokkoluoto rampa jusqu'aux positions les plus avancées pour porter secours à l'infanterie. D'une main sûre, calmement et sans états d'âme, il tirait coup sur coup, précis comme une flèche, coupant net l'élan des soldats ennemis qui se ruaient vers lui. Voyant un char d'assaut foncer vers les tranchées, il jeta une charge explosive sous ses chenilles, dont l'une se disloqua. Quelqu'un balança un cocktail Molotov sur la grille du moteur. Le tank s'embrasa et son équipage brûla vif en quelques secondes.

Ce jour-là, le conducteur de chevaux Antti Kokkoluoto tua un nombre considérable d'ennemis et détruisit au total trois blindés. Ses chefs estimèrent même qu'il méritait une médaille pour cet acte de bravoure, mais, à l'état-major de l'arrière, on refusa d'y croire. Comment un simple caporal du train aurait-il pu combattre en première ligne et anéantir trois chars ? L'un des doyens de l'aumônerie militaire jugea cependant encourageant de voir que les combattants du front trouvaient encore moyen de faire de l'humour.

Le caporal Antti Kokkoluoto avait le sens de l'orientation et ne s'égarait que rarement, même au crépuscule ou dans l'obscurité, dans les forêts rendues méconnaissables par les bombardements. Il était donc souvent chargé de servir de guide aux officiers en tournée d'inspection. Une fois, le lieutenant-colonel Halsti vint en personne du quartier général se rendre compte de l'état des voies de ravitaillement et demanda par la même occasion à visiter un bunker. Son chauffeur l'amena en voiture à quelques kilomètres du front. Antti, qui attendait les deux hommes, leur indiqua où se garer, à l'abri du feu des canons. Puis ils partirent tous trois vers les premières lignes. Le caporal Kokkoluoto prévint les visiteurs que le bord des routes était miné. Pour traverser les clairières, mieux valait faire vite si l'on ne voulait pas être pris pour cible par les tirailleurs ennemis. Plus on approchait du but, plus le paysage était ravagé. Il ne restait guère de la forêt que des troncs déchiquetés, enchevêtrés en tous sens. Partout béaient des trous d'obus, certains tout récents, d'autres recouverts d'un fin linceul de neige. Ils parvinrent, au bout de leur dangereux parcours, à la porte d'acier d'un bunker, que le lieutenant-colonel et son chauffeur franchirent avec empressement. Antti resta dehors dans la tranchée à attendre leur retour.

Une nuit, au lendemain de combats d'une rare violence, le bureau du train de l'état-major reçut l'ordre d'envoyer chercher dans une grange les morts qui y avaient été entassés. Il devait y en avoir une quarantaine et le caporal Kokkoluoto, chargé de cette mission, mobilisa donc pour la mener à bien vingt chevaux et leurs conducteurs. Ils prirent le chemin des lignes. La progression dans l'obscurité était extrêmement difficile, il fallait tenir les bêtes par la bride et veiller à ce qu'elles ne tombent pas dans les trous d'obus.

À la lumière sporadique des tirs d'artillerie, ils découvrirent en bordure d'une tourbière un effroyable spectacle : un amoncellement de corps gelés attendaient d'être emportés. À la lueur de quelques lampes torches, ils entreprirent de charger les morts dans les traîneaux. Il y en avait bien davantage qu'annoncé dans l'ordre de mission, plus de cent. Il fallut les grouper par quatre ou cinq. Afin qu'ils ne tombent pas en route, on les empila tête-bêche. Les cadavres raidis se maintenaient ainsi les uns les autres et la colonne put se mettre en marche, d'un pas lent, car la nuit était noire et le terrain accidenté.

Arrivés au dépositoire, les conducteurs constatèrent que la plupart des morts entassés dans leurs traîneaux étaient russes. Personne, dans l'obscurité, n'avait vérifié leurs uniformes. Même en plein jour, il aurait d'ailleurs été difficile de les reconnaître, car les vêtements des soldats de l'Armée rouge avaient été rendus inidentifiables par les combats. Plus un seul n'était coiffé de son casque pointu.

En voyant les corps, un certain Lesonen, capitaine de l'état-major, hurla à Antti Kokkoluoto :

« Sacré nom d'un chien, vous vous prenez pour des croque-morts russes ! »

Il grommela qu'un caporal capable de ramener des cadavres de Popoffs rien que pour emmerder ses supérieurs méritait de passer en conseil de guerre.

« Vous voudriez peut-être qu'on les expédie en train funéraire à l'arrière et qu'on les enterre en héros ! »

Au lever du jour, Antti Kokkoluoto et ses conducteurs creusèrent dans un bosquet voisin une fosse commune pour les morts ennemis. Le capitaine Lesonen, venu regarder la tombe, s'excusa de ses précédents propos. Il avait appris que le chef de la colonne s'était récemment distingué en détruisant trois tanks.

« Je ne savais pas qui vous étiez, pardonnez-moi, tout le monde peut se tromper. Ces Russes aussi étaient des hommes. Continuez. »

Enfin, la nuit suivante, les conducteurs trouvèrent la grange où étaient rassemblés les Finlandais tués à la bataille. Ils constatèrent qu'il y en avait depuis la veille une bonne vingtaine de plus. Instruits par l'expérience, ils les emportèrent sans mal, chargés tête-bêche dans les traîneaux.

La cruauté de la guerre se parait parfois aussi d'un attrait grandiose. On pouvait voir rejoindre ou quitter les lignes des colonnes de plus de mille chevaux, qui progressaient sans bruit dans l'obscurité neigeuse, par files de cent ou deux cents. Leur gigantesque serpent échevelé sinuait sur les chemins noircis par les obus, chargé de munitions, d'armes et de vivres, pour revenir à l'aube avec des traîneaux pleins de soldats blessés ou morts au combat, victimes du froid, malades ou nerveusement à bout.

De temps à autre, les déflagrations de l'artillerie lourde

de l'ennemi illuminaient les forêts désertes et, chaque fois, les yeux des centaines d'infatigables chevaux finlandais se teintaient de reflets émeraude. Aucun d'eux ne laissait échapper le moindre bruit, aucun ne s'ébrouait ni ne hennissait. Fidèles et imperturbables, ils maintenaient l'allure sur le sinistre sentier de la guerre, tirant derrière eux les corps gelés des héros tombés au champ d'honneur.

17

Les noces de Suoma et d'Antti

Comme l'avait prédit Linnea Lindeman, le caporal Antti Kokkoluoto ne fut ni tué ni même blessé au cours de la guerre d'Hiver. Il commençait à croire au mystérieux don de voyance de la vieille accoucheuse.

Les deux chevaux des Kokkoluoto, Vif-Argent et Ouragan, y étaient en revanche restés. On ne sut jamais de quoi ils étaient morts, emportés par la maladie ou victimes de bombardements. Les combats terminés, Tuomas reçut une lettre officielle du ministère l'informant que l'État le dédommagerait pour ses deux équidés réquisitionnés, sous forme d'obligations de la Défense nationale remboursables dans cinq ans. Le marchand et son fils pleurèrent longtemps Vif-Argent et Ouragan. Tuomas décida de ne pas les remplacer, jugeant qu'il n'avait plus besoin d'autre véhicule que sa Studebaker, dont l'ancien propriétaire, le major Ruben Leppänen, était mort lors des premières batailles de Vammelsuu.

Suoma était la fille d'un entrepreneur en bâtiments de Kajaani, Reino Oinonen, et de son épouse Lilja. D'après la jeune fille, son père était un homme tranquille et bienveillant, mais sa mère, du fait de son rang de femme de notable, était plutôt imbue de sa personne. Quand elle lui avait annoncé son intention d'épouser le fils d'un petit commerçant, elle avait poussé de hauts cris. Sa fille unique méritait mieux qu'un miséreux commis. Sans compter que le prétendant avait fait la guerre comme conducteur de chevaux et n'était que caporal. Alors que le père de Suoma était quand même sous-lieutenant.

Aussitôt la paix revenue, Antti Kokkoluoto se rendit en voiture à Kajaani avec son père et sa mère afin de se présenter aux Oinonen. La Studebaker était toujours comme neuve. La famille s'installa dans la plus belle suite de l'hôtel *Seurahuone*. Hanna était plus séduisante que jamais. Tuomas et Antti s'étaient offert de nouveaux costumes croisés. Dans les rues de la modeste petite ville, leur élégance attirait l'œil. Les Kokkoluoto produisirent aussi une forte impression sur la future belle-mère d'Antti lorsque leur rutilante Studebaker vint se garer pour leur première visite devant la petite maison de l'entrepreneur en bâtiments, dans le quartier de Teppana. Face à de tels invités, la mère de Suoma ne sut soudain plus où se fourrer. Elle dut admettre avec envie que ces boutiquiers de Kokkola appartenaient à la sphère des gens riches et cultivés. Plus question pour elle de s'opposer aux projets de mariage de sa fille.

Suoma Oinonen et Antti Kokkoluoto s'unirent à Kajaani à l'automne 1940. Le vent charriait des nuages de pluie, mais il en aurait fallu plus pour gâcher la fête. Le père du fiancé conduisit les futurs mariés et leur famille à l'église dans sa Studebaker. Lilja Oinonen avait obtenu que la cérémonie soit célébrée par l'ancien pasteur de la paroisse, le doyen Calamnius en personne, que son grand âge n'empêcha pas de prononcer un énergique discours dans lequel il compara les joies du mariage aux bonheurs célestes. Les nouveaux époux devaient selon lui jouir pleinement et sans entraves de leur amour réciproque, tant spirituel que charnel, malgré les duretés de la guerre. Le doyen conclut son homélie sur une note politique, en soulignant qu'à son avis la paix du moment n'était qu'une trêve.

« Le temps viendra où notre nation taillera en pièces l'ours russe aux babines sanglantes qui nous menace tel un hideux fauve blessé. »

L'ecclésiastique rappela que quand sonnerait l'heure de la revanche, qu'il espérait proche, les valeureuses troupes finlandaises compteraient au premier rang de leurs forces les jeunes époux qu'il bénissait en ce jour : l'héroïque soldat Antti et l'héroïque lotta Suoma ! Les vétérans qui aspiraient au repos de la vieillesse pouvaient compter sur eux et sur leurs semblables !

Dans l'après-midi, chez les parents de Suoma, à Teppana, le temps s'améliora et le vent faiblit, si bien que l'on put prendre le repas de noces dans le jardin. On installa la table de banquet dehors et l'on s'attaqua aux spécialités du Kainuu cuisinées par l'épouse de l'entrepreneur en bâtiments. Il y avait des vendaces de Sotkamo, du rôti d'élan, différentes sortes de chou farci et bien entendu pour finir une pièce montée.

Tout au long du repas, Reino Oinonen et Tuomas

Kokkoluoto firent comme il se doit quelques incursions derrière le sauna afin de goûter au contenu de la bouteille apportée par le marchand, car, en vertu des principes de tempérance défendus par Lilja Oinonen, aucune boisson forte n'était servie aux invités. Tuomas se vanta d'avoir en sa possession de l'authentique alcool de contrebande de l'époque où il arrivait par mer sur la côte et de là jusqu'à Kajaani. Il révéla avoir lui-même participé au trafic avec son fils. Reino Oinonen avait un gendre sur qui l'on pouvait compter, en cas d'urgence, pour se procurer du remontant. Ému de cette promesse, l'entrepreneur en bâtiments se répandit en remerciements. Il avoua souffrir profondément du fanatisme antialcoolique de son épouse — non pas qu'il fût ivrogne, mais parce que dans le bâtiment, un homme d'une totale sobriété n'avait tout simplement pas d'avenir.

Antti et Suoma firent bien sûr leur voyage de noces à bord de la Studebaker. Malgré la guerre qui ravageait l'Europe, ils avaient décidé d'aller à l'étranger, mais pas plus loin que la Suède, pays resté jusque-là à l'écart des hostilités. Ils partirent trois semaines après leur mariage, une fois la récolte des pommes de terre terminée. Antti Kokkoluoto alla chercher sa jeune épouse à Kajaani. Ils chargèrent dans la voiture les bagages nécessaires, et par la même occasion toutes les autres possessions de Suoma. Après leur lune de miel, ils avaient l'intention de s'installer à Ykspihlaja, où Antti pourrait toujours travailler comme docker. Avec l'aide de Linnea Lindeman, ils trouveraient sûrement sans mal un premier logement à louer pour leur couple.

De Kajaani, ils prirent la route d'Oulu, Kemi et Tornio, où ils passèrent la nuit dans une auberge. Le lendemain, ils continuèrent leur voyage jusqu'à Umeå, où ils prirent à nouveau une chambre. Séjourner en Suède ne leur posait aucun problème de langue. Dans la région bilingue de Kokkola, Antti était habitué à se débrouiller aussi bien en suédois qu'en finnois. Et si les habitants de Kajaani ne pratiquaient guère que cette dernière langue, Suoma, qui avait poursuivi ses études jusqu'au baccalauréat, maîtrisait non seulement le suédois mais aussi l'allemand, incontestablement promis, selon elle, à dominer la nouvelle Europe.

Au retour, le jeune couple passa la nuit à Oulu avant de rentrer à Kokkola. Fatigués mais heureux, Antti et Suoma purent enfin s'occuper de trouver un toit et d'organiser le début de leur vie commune.

Linnea Lindeman leur dénicha une chambre agréable, non loin du port et de la place du marché d'Ykspihlaja, rue de l'Archipel. C'était une dépendance d'une maison en bois, plutôt froide l'hiver, mais ils n'en avaient cure, l'amour les réchauffait. Et quand le temps se faisait vraiment glacial, ils pouvaient toujours rendre visite à l'accoucheuse. Celle-ci avait l'habitude, quand il gelait, d'entretenir du feu du matin au soir dans sa cheminée.

Tout l'hiver, Antti Kokkoluoto travailla au port d'Ykspihlaja à charger du bois à destination de l'Allemagne. À ses heures perdues, il pêchait : il posait ses filets sous la glace, entre deux trous, et ramenait en général de belles prises. Suoma vendait le surplus au marché de Kokkola, où on lui avait accordé une patente. Peut-être sa grossesse, de plus en plus évidente à mesure que le printemps approchait, lui avait-elle valu une certaine indulgence pour l'obtenir. Peu après la fonte des glaces, elle dut finalement cesser son commerce, car le moment de sa délivrance approchait.

Lilja Oinonen aurait voulu que sa fille unique accouche auprès d'elle à Kajaani. Antti avait sèchement répliqué que ce n'était pas à sa belle-mère de décider du lieu où naîtraient leurs enfants. Et, le moment venu, il remit Suoma entre les mains expertes de Linnea Lindeman.

La matrone fit comme à l'accoutumée chauffer suffisamment d'eau, étala sur le lit de douillettes peaux de phoque, les recouvrit de draps propres et aéra les oreillers. Elle tranquillisa la future mère en lui décrivant les différentes étapes de l'enfantement. Il n'y avait aucun danger, l'accouchement était un processus naturel, bien que souvent assez douloureux et exigeant de ce fait un courage stoïque, comme toute la vie des femmes en général. Suoma n'avait pas à avoir peur de l'effort qui l'attendait. Linnea pouvait se vanter d'avoir aidé à naître des centaines de bébés.

Le premier enfant de Suoma et Antti fut une fille à l'épaisse chevelure, qui se mit dès sa venue au monde à gigoter avec vigueur, criant d'une voix si puissante que Linnea ne put s'empêcher de prédire qu'elle serait, une fois adulte, une belle et forte femme.

Dans la première semaine de mai, la fillette fut baptisée du nom de Helinä Sanelma. Le lendemain, Antti Kokkoluoto fut encore une fois mobilisé. Le bruit courait que la nouvelle guerre, si elle éclatait, ne durerait que trois semaines et que les hommes seraient de retour avant la fenaison.

18

Les conducteurs montés attaquent

Antti Kokkoluoto fut affecté comme conducteur de chevaux à l'artillerie de la 7e division. C'était déjà dans cette unité qu'il aurait dû servir pendant la guerre d'Hiver s'il n'avait été envoyé dans l'isthme de Carélie où l'on avait pensé à l'époque avoir un besoin plus urgent de ses compétences que dans les secteurs du front situés plus au nord.

De mai à juin, le bataillon d'Antti resta cantonné à Ilomantsi. Le jeune père fut nommé chef d'un groupe de canonniers conducteurs d'un obusier lourd. Il avait été promu caporal-chef à la fin de la guerre d'Hiver et avait maintenant sous ses ordres plus de dix conducteurs montés. Ils transportaient leur pesant canon sur un affût à quatre roues tiré par six chevaux attelés par deux en file. En plus de ces chevaux de trait, ils en avaient quatre autres, dont les caissons étaient chargés de tentes, d'armes et de munitions. Si les premiers étaient tués au cours des combats, les seconds pouvaient aussi les remplacer.

Les chevaux étaient en excellente forme. Ils avaient été dressés tout au long du printemps à tirer l'obusier d'un pas énergique mais régulier. Pour mener l'attelage, deux canonniers conducteurs — des soldats du train, donc, et non de la cavalerie — montaient en selle, l'un à gauche, en tête, sur le cheval de volée, l'autre à droite sur l'un ou l'autre des chevaux suivants. Cet ordre pouvait au besoin être modifié. Les conducteurs montés avaient pour rôle de donner confiance à l'attelage et de le guider sur les petites routes souvent peu carrossables, ou parfois même hors de tout chemin. Devant eux, des fantassins ouvraient dans la forêt les pistes par lesquelles ils amenaient l'obusier jusqu'aux positions d'artillerie.

Au début de l'été, les menaces de guerre se précisèrent. Dans le bataillon d'artillerie d'Antti, des exercices de tir étaient organisés tous les jours. Les canonniers bichonnaient le matériel, les chefs de pièce vérifiaient leurs télémètres et les responsables des transmissions leurs radios. Les arsenaux livraient des munitions.

Contre un pot-de-vin de deux mille marks, Antti obtint de l'adjudant du train quelques caisses de biscuit de troupe. Ce n'était pas pour en nourrir ses hommes, mais ses chevaux. Il les aimait bien et, quand ils s'étaient bien tirés des manœuvres, il faisait donner à chacun une galette en récompense. Afin qu'ils ne s'abîment pas les dents, on trempait le biscuit quelques minutes dans de l'eau chaude avant de le leur distribuer.

L'Allemagne attaqua l'Union soviétique à l'aube du 22 juin. C'était le début de l'opération Barbarossa, offensive vers l'est qui ne pouvait être que victorieuse. Les Allemands avaient cru déceler dans le succès de la résistance de la Finlande au cours de la guerre d'Hiver et dans l'incapacité de l'Armée rouge à envahir ce malheureux petit pays une preuve de la faiblesse militaire des Russes, qu'ils pensaient vaincre sans effort. Rien n'était plus faux. Du côté finlandais, les hommes ne rentrèrent pas non plus chez eux pour la fenaison, cet été-là, ni les suivants, mais seulement en 1944, et salement amochés.

Quatre jours après l'offensive allemande, l'armée finlandaise entra elle aussi en guerre. Comme des centaines de milliers de soldats, les conducteurs et les fidèles chevaux du caporal-chef Antti Kokkoluoto partirent au combat.

Au bivouac, les hommes écoutèrent à la radio le discours du président Ryti. Le chef de l'État déclara que la nation prenait les armes au nom de la défense de la patrie, de son espace vital, de la foi de ses ancêtres et de la liberté d'opinion. La Finlande vivait depuis toujours sous la menace de l'Est. Le moment était enfin venu de se battre pour l'éliminer et pour assurer aux générations futures une heureuse et paisible existence.

Antti Kokkoluoto se mit à échafauder des projets au cas où il rentrerait effectivement chez lui à Ykspihlaja avant la saison des foins. Si la guerre se déroulait comme prévu, il pourrait à l'automne fonder une société d'arrimage et embaucher une équipe de dockers pour charger et décharger des navires. Il calcula qu'il se fatiguerait ainsi moins, tout en gagnant plus. Suoma pourrait s'inscrire à l'École de commerce bourgeoise de Raahe s'ils parvenaient à confier le bébé, pour l'hiver, à Hanna ou à Linnea.

Le colonel Svensson, qui commandait la 7e division,

donna pour instructions à ses troupes de se préparer à partir pour la frontière. Il évoqua, à l'instar du président Ryti, la défense de l'indépendance et de la liberté de la Finlande.

« Je prends la tête de cette division avec la ferme conviction que chacun de vous sait où est son devoir et quelle est sa responsabilité envers la patrie comme envers les générations futures, en étant pleinement et clairement conscient du fait que l'avenir et le destin de notre nation dépendent aujourd'hui de l'efficacité de nos armes et que les conditions dans lesquelles vivront nos enfants seront entièrement dictées par la manière dont nous accomplirons notre mission en cette heure de vérité. »

C'était une proclamation solennelle et l'appel fut entendu. Pour les conducteurs montés, rien dans les fortes paroles de leur chef ne semblait inutile ou outré, et ils les gravèrent au plus profond de leur cœur. Personne ne commenta ni ne répéta ces instructions, mais chacun les médita en son for intérieur.

La guerre conduisit le caporal-chef Antti Kokkoluoto, ses conducteurs et ses chevaux d'Ilomantsi à Tohmajärvi, puis, de l'autre côté de la frontière, à Jänisjärvi, Sortavala et, de bataille en bataille, toujours plus loin vers l'est, par Kolatselga, Vedlozero et Kachkany, jusqu'au lac Onega, dont les troupes, sans prendre le temps de se reposer, longèrent les rives en direction du sud-est et de Chokcha, Gora et Barany. Ce fut une marche en avant épique, qui dura plus de trois mois. L'obusier tonna des centaines de fois, crachant la mort par sa bouche béante. L'Armée rouge, malgré sa résistance acharnée, dut reculer sous la poussée. Les combats faisaient rage dans les forêts et les hameaux. L'ennemi infligeait de lourdes pertes aux assaillants, mais sans parvenir à briser leur élan.

Antti Kokkoluoto se demandait souvent s'il pouvait y avoir du vrai dans l'étrange prédiction de Linnea Lindeman, qui le voyait vivre jusqu'en 1990. Comment pouvait-on raisonnablement y croire ? Et s'il ne s'agissait que d'une plaisanterie macabre, imaginée par une sorcière retorse pour se jouer de la naïveté d'un jeune nigaud ? À moins que Linnea n'ait simplement voulu tranquilliser Hanna sur l'avenir de son fils. Peut-être ne cherchait-elle qu'à donner de l'espoir à ses plus proches amis, dans un domaine où il ne lui en coûtait rien, en instillant dans leur esprit un diffus sentiment de confiance. Antti songea qu'il était revenu vivant de la guerre d'Hiver, mais sa bonne étoile continuerait-elle de veiller sur lui tout au long de ce nouveau conflit ?

Il décida de tester la justesse de la prédiction. Il se sentait protégé par la parole de Linnea, mais jouait sa vie. Pendant toute l'offensive, il s'exposa à d'incroyables dangers, menant souvent son attelage presque jusqu'en première ligne. Sous le feu de l'artillerie, il sautait en selle et conduisait ses chevaux à l'abri, hors de portée des bombes. Il partait lui-même en éclaireur, avec quelques hommes, reconnaître le terrain afin de trouver des chemins par où transporter l'obusier, et s'aventurait souvent jusqu'à l'arrière des positions ennemies. Il participait aux combats comme s'il avait été fantassin, détruisait des nids de mitrailleuses et faisait des prisonniers. Il se tirait chaque fois sans une égratignure de ses téméraires et parfois folles entreprises. Ses camarades tenaient pour certain que le caporal-chef Antti Kokkoluoto ne ferait pas de vieux os, car il semblait courir au-devant d'une mort inutile. Mais non : on aurait dit qu'une puissance surnaturelle veillait sur ce cinglé.

Au terme de la phase offensive des combats, il restait à franchir le cours impétueux du Svir. On amena l'obusier sur la rive ouest du fleuve, où le reste du bataillon s'était également regroupé, au sein d'un régiment renforcé. On attela les chevaux aux caissons destinés à transporter à pied d'œuvre le matériel nécessaire — bateaux d'assaut, chalands et ponts flottants. Une fois le matériel en place, les conducteurs se joignirent aux troupes qui se préparaient à débarquer sur la rive opposée. Le but était d'établir une tête de pont de l'autre côté du Svir. On y aurait aussi besoin de chevaux de trait.

L'assaut devait avoir lieu dans la nuit du 5 octobre, mais il fallut y renoncer, car l'avant-garde refusa de s'engager sur l'eau dans l'obscurité. En temps de guerre, ce genre de rébellion est en général passible de la cour martiale et, dans le pire des cas, de la peine de mort. Malgré cela, les hommes persistèrent dans leur refus et le fleuve ne fut pas non plus franchi la nuit suivante. Les récalcitrants furent réprimandés et menacés de graves sanctions. L'opération eut finalement lieu vers deux heures de l'après-midi, en plein jour.

Le caporal-chef Antti Kokkoluoto faisait lui aussi partie de l'avant-garde. Une forte concentration de tirs de mortiers et d'obusiers appuya le débarquement. Tandis que l'on mettait les bateaux à l'eau, les mitrailleuses postées à l'abri sur la rive se déchaînèrent. Dans le ciel, l'aviation assurait la couverture aérienne de l'opération. Antti était assis à la proue du bateau de tête tel un parfait fusilier marin. Personne n'aurait pu croire que l'homme qui donnait ainsi l'assaut était un simple conducteur de chevaux muni d'un fusil. Sous une pluie de balles, les embarcations franchirent le large fleuve.

Antti scrutait les sombres tourbillons du Svir à la recherche de mines flottantes ou de troncs d'arbre tapis entre deux eaux. De son poste de guet, il aperçut malgré la vitesse vertigineuse du bateau quelques menus bouts de bois, sans doute des flotteurs d'engins de pêche. Aucun danger.

La plupart des hommes de l'avant-garde s'en sortirent vivants. Dans la journée, les troupes finlandaises établirent sur la rive orientale du fleuve une tête de pont profonde de plusieurs kilomètres. Des chalands y amenèrent trois des chevaux d'Antti, avec leurs travois. Quand tout le régiment renforcé eut traversé, la situation fut jugée sous contrôle. Antti repensa aux flotteurs. Il emprunta une barque pour aller voir avec quel genre d'engins l'armée russe pêchait dans le Svir.

Une vingtaine de nasses à double entrée étaient mouillées non loin de la berge. Leur forme anguleuse, et non ovale comme celle de leurs équivalents finlandais, était étonnante. S'agissait-il d'un modèle russe traditionnel ou d'un pis-aller fabriqué avec les moyens du bord, difficile à dire. Antti releva toutes les nasses, car les pêcheurs de l'Armée rouge avaient été repoussés à plusieurs kilomètres de là dans de sombres forêts de sapins. Bon nombre d'entre eux gisaient morts dans les bosquets de la rive. Ils n'avaient plus besoin de poisson.

La pêche fut bonne — brochets, perches, gardons et brèmes, dont Antti évalua le poids total à plus d'une trentaine de kilos. Il requit l'aide de quelques hommes pour vider les poissons et, après avoir allumé des feux de camp, en remplir des gamelles de soupe. Dans le bivouac où les participants au débarquement se reposaient, il fit passer le mot que l'on avait pris comme butin de guerre des perches et des brochets.

À l'issue de plusieurs mois de combats, l'offensive était terminée. Il restait aux troupes finlandaises à défendre le terrain conquis. L'heure de la guerre de positions avait sonné. En reconnaissance de ses actes héroïques, Antti Kokkoluoto fut promu sergent. Il commençait à croire que Linnea Lindeman était réellement chamane. Cela pouvait sembler étrange, mais n'avait en fin de compte rien de si déraisonnable. Bien des gens croyaient en Dieu, après tout, sans l'avoir jamais vu en chair et en os. Ils en avaient juste entendu parler.

Tandis que l'armée consolidait ses positions, Antti calcula qu'il lui restait encore près de cinquante ans à vivre. Dans un monde en guerre, l'idée avait quelque chose de rassurant.

19

Résistance sanglante

Les lignes de front entre la Finlande et l'URSS se figèrent pour plusieurs années. Le théâtre d'opérations nordique de la Seconde Guerre mondiale s'installa dans une interminable et éprouvante bataille de positions. Comme tous ses camarades, le sergent Antti Kokkoluoto passa cette succession d'hivers et d'étés dans une casemate. Il participait volontiers aux concours de tir que l'on organisait pour passer le temps. Il avait la main sûre, faisait de bons scores et remportait de nombreux prix. Son statut de champion de tir de sa division lui valut de bénéficier souvent de permissions. Il put se rendre plusieurs fois par an à Ykspihlaja et, malgré la guerre, Suoma donna naissance à un nouvel enfant, un petit garçon rieur.

Deux hivers de suite, elle suivit aussi les cours de l'École de commerce bourgeoise de Raahe. Pendant qu'elle étudiait, sa belle-mère prenait les enfants chez elle, à Kokkola, et, toutes les semaines, Suoma faisait l'aller-retour accompagnée par son beau-père dans sa splendide Studebaker. C'était une élève brillante et elle trouva un excellent emploi de comptable à la capitainerie du port d'Ykspihlaja dès qu'elle eut obtenu son diplôme, au printemps 1942.

Loin en Carélie, sur les rives du Svir, le sergent Antti Kokkoluoto étudiait lui aussi la comptabilité et la gestion dans des manuels envoyés par son épouse. Ils s'écrivaient souvent. Ils ne parlaient guère de questions matérielles, noircissant plutôt le papier de déclarations d'amour. Antti apprenait également l'allemand grâce aux livres de Suoma, malgré la leçon de la bataille de Stalingrad, qui avait clairement montré que Hitler ne parviendrait ni à écraser l'Armée rouge ni à gagner la guerre.

Au cours d'une de ses permissions, le sergent Kokkoluoto pu constater que les frères d'armes des Finlandais avaient construit une base à Ykspihlaja afin de ravitailler leurs nombreuses troupes stationnées en Norvège et à Petchenga. La zone portuaire s'était couverte d'une foule de baraquements et d'entrepôts en tout genre. Ils étaient soigneusement gardés et mieux valait ne pas tenter de mettre la main sur les trésors qu'ils contenaient. Des panneaux ornés de têtes de mort prévenaient que les voleurs seraient exécutés. Un gamin du village n'avait cependant pu résister à la tentation de s'approcher des stocks de vivres. Il avait chipé un paquet de flocons d'avoine et s'était caché avec son butin derrière un tas de planches. Un soldat allemand lui avait fauché les jambes d'une rafale.

On déchargeait dans le port d'Ykspihlaja d'énormes quantités de paille. Les balles, empilées parfois jusqu'à la hauteur de deux ou trois maisons, étaient surveillées de près afin d'éviter que des saboteurs ne les incendient. L'un de ces tas prit cependant feu — peut-être encore une fois l'œuvre de gosses — et fuma pendant des semaines, brûlant à l'étouffée.

La paille servait à nourrir le bétail. La machine de guerre allemande consommait sur le front du Nord des tonnes de viande et de fromage. Des milliers de vaches pie furent confisquées dans le Danemark occupé, transportées par bateau et débarquées entre autres à Ykspihlaja. Antti Kokkoluoto eut l'occasion de voir avec quelle brutalité les Teutons traitaient ces bêtes, les frappant à coups de crosse comme ils avaient aussi l'habitude de le faire avec les prisonniers promis aux camps de concentration. Les vaches importées du Danemark avaient voyagé dans la cale obscure sur une mer démontée et étaient déjà folles de terreur en arrivant au port. Quand on les sortit de là pour les déposer sur le quai, elles s'emballèrent pour de bon. Les Allemands galopèrent derrière pendant des heures. Le sergent Antti Kokkoluoto fut réquisitionné comme bouvier. Par sa présence tranquille, il réussit peu à peu à calmer les bêtes. Les Fritz n'en revenaient pas qu'un sous-officier finlandais daigne flatter l'encolure des vaches et leur parler.

Au cours des années de guerre, Ykspihlaja s'internationalisa, dans de cruelles circonstances. En plus des Allemands, le village se peupla en effet de prisonniers de guerre russes. Un camp avait été installé sur le terrain de la Maison du peuple, où l'on avait construit des baraquements entourés d'une clôture de barbelés. Antti Kokkoluoto croisa plusieurs groupes de captifs que l'on emmenait travailler sur le port ou à la fabrique d'engrais Rikkihappo. Les malheureux semblaient en piètre état. Lorsqu'ils arrivaient en train à la gare, certains étaient si malades qu'ils devaient ramper hors des wagons à bestiaux. Quelques-uns, amputés, marchaient avec une jambe de pantalon vide flottant au vent.

Au deuxième été de la guerre, Tuomas Kokkoluoto subit une lourde perte. L'armée réquisitionna sa belle voiture. L'on se demandait d'ailleurs depuis un moment, à Kokkola et aux alentours, ce qui autorisait le marchand à se promener dans sa puissante Studebaker et à conduire sa belle-fille à Raahe une fois par semaine, en achetant en même temps dans les campagnes des denrées qu'il revendait au marché noir dans sa boutique. Privé de véhicule, Tuomas se retrouva piéton.

Il se vanta pourtant d'avoir volontairement renoncé à sa berline de luxe. Elle était maintenant au service personnel du maréchal Mannerheim, à Mikkeli, au quartier général de la Défense nationale. Ceux qui avaient toujours jalousé la voiture du marchand n'en furent que plus envieux. Dire que le commandant en chef des armées en était réduit à voyager sur le siège arrière de la voiture d'un petit commerçant de Kokkola !

La Studebaker recueillit vite les suffrages de tous les généraux de l'état-major car elle avait un moteur puissant, une suspension robuste et une carrosserie du plus bel effet. Le chef de la division des opérations, le général Aksel Fredrik Airo, l'appréciait tout particulièrement et quémandait de temps à autre l'autorisation d'essayer cette superbe machine.

Lors d'une tournée d'inspection sur le front, à Maaselkä,

Airo demanda de nouveau à conduire la Studebaker. Il avait eu le temps, en chemin, de vider en douce une bonne part de sa flasque de cognac, boisson à laquelle il avait pris goût lors de ses études militaires en France. Mannerheim, qui appréciait le général, accéda à sa requête. Airo prit le volant et enfonça joyeusement la pédale d'accélérateur. Dans un large virage, la voiture lancée à vive allure quitta la route pour finir sa course dans un champ voisin. Heureusement, car si elle avait foncé dans la forêt, il aurait pu y avoir des morts ou des blessés graves. Imaginez, si le maréchal Mannerheim avait perdu la vie sur le siège arrière de la voiture du marchand Tuomas Kokkoluoto !

Dieu merci, la berline n'avait pas capoté et, quand le reste du convoi la rejoignit, on put la pousser jusqu'à la route. L'oreille basse, le général Airo rendit le volant de la Studebaker à son chauffeur attitré.

L'accident ne resta pas sans conséquences. Mannerheim se plaignit d'avoir les intestins dérangés. Avec l'âge, les entrailles deviennent sensibles et promptes à réagir à la moindre contrariété.

Aucun des véhicules de la suite du commandant en chef ne transportait bien sûr de W.-C. de campagne, mais il en aurait fallu plus pour embarrasser la vaillante armée finlandaise. Les adjudants et les chauffeurs coururent dans le bois le plus proche, abattirent à la hache deux jeunes trembles et construisirent en hâte des latrines comme il y en avait en temps de guerre derrière chaque casemate. Personne n'ayant de clous, ils utilisèrent des ceinturons pour attacher entre deux arbres le tremble destiné à servir de siège, et fixèrent avec deux baudriers celui faisant office de dossier. Le résultat était solide et agréa au maréchal Mannerheim qui attendait avec impatience. Après s'être soulagé, le commandant en chef remercia Airo pour cette intéressante expérience. En aparté, il marmonna :

« Ces jeunes… »

Après de longs mois de guerre de positions, la grande offensive de l'Armée rouge commença le 9 juin 1944, à Valkeasaari, par une concentration d'artillerie d'une invraisemblable intensité. La vague d'assaut des forces terrestres enfonça les lignes finlandaises.

Des troupes et des armes lourdes furent au plus vite transférées du secteur du Svir à l'isthme de Carélie afin de repousser l'ennemi largement supérieur en nombre qui tentait en jetant toutes ses forces dans la bataille de vaincre la résistance de la Finlande et de l'occuper tout entière. Le sergent Kokkoluoto et son groupe de canonniers conducteurs furent eux aussi expédiés en train avec leur bataillon d'artillerie lourde à l'ouest du Ladoga, où ils arrivèrent début juillet.

Les combats étaient d'une violence inouïe. Dépêché dans le secteur de Tali et d'Ihantala, l'attelage d'Antti se trouva pris dans la tourmente de l'offensive ennemie. C'était une chaude journée d'été et la Carélie entière baignait dans une fumée bleue. L'artillerie tonnait sans répit, les incendies de forêt faisaient rage, les troupes dispersées se repliaient en hâte sur de nouvelles positions défensives, plus à l'ouest. En ce jour meurtrier, le groupe de conducteurs du sergent Kokkoluoto fut capturé dans la nasse derrière les lignes ennemies. Des avions d'assaut mitraillèrent l'obusier, un cheval et deux hommes furent tués sur le coup et un autre, Aaretti Huhtala, fut grièvement blessé, de même que deux hongres. Les conducteurs valides attelèrent de nouvelles bêtes à la place de celles qui avaient été touchées, Antti sauta en personne sur le dos du cheval de volée et le lança au triple galop vers les lignes finlandaises.

L'équipage parvint à un pont jeté sur une petite rivière. Des troupes des deux camps couraient pêle-mêle vers l'ouest. On distinguait à peine le crépitement des mitrailleuses et des fusils dans le grondement incessant de l'artillerie lourde et de l'aviation. Un groupe d'artificiers finlandais fit sauter le pont juste sous le nez d'Antti, sans avoir la présence d'esprit d'attendre le passage de son obusier, qu'ils ne risquaient d'ailleurs pas d'avoir vu arriver tant la fumée était dense. Le sergent se dressa sur ses étriers et fonça droit dans l'eau. Au triple galop, les chevaux emballés franchirent la rivière et gravirent la berge opposée avec leur pesant chargement, faisant gicler la boue à des dizaines de mètres. Sans ralentir l'allure, ils rejoignirent les nouvelles lignes de défense, à quelques kilomètres de là. Quand ils s'arrêtèrent enfin, leurs flancs étaient couverts d'écume et ils burent plusieurs seaux de l'eau que les conducteurs s'empressèrent de leur apporter. Le lourd obusier fut mis en position, les chefs de pièce lui assignèrent des cibles et les canonniers lui amenèrent un chargement de munitions. Quelques minutes plus tard, il se mit à donner de la voix, faisant trembler la terre. Les flammes sortant de sa bouche telles des langues de dragon trouaient l'épaisse fumée de lueurs jaunes. Sous le feu nourri du bataillon au grand complet, l'ennemi reflua.

Ce jour-là à la bataille d'Ihantala, l'artillerie finlandaise tira en vingt-quatre heures plus de coups de canon que jamais, onze mille au total. À la tombée du soir, on distribua des rations de vivres aux troupes. Antti Kokkoluoto engloutit à la hâte son dîner avant d'annoncer qu'il retournait derrière les lignes russes pour tenter de sauver le conducteur Aaretti Huhtala qui y était resté, grièvement blessé. On le lui interdit, mais il se déclara persuadé d'en revenir encore une fois vivant, ce ne serait pas la première fois qu'il réchappait au danger.

Il fit un détour pour éviter les véhicules ennemis qui circulaient déjà sur le chemin par lequel il était arrivé. Il traversa la forêt dévastée jusqu'à l'endroit où Aaretti et les chevaux avaient été fauchés par la mitraille. Un tout jeune levraut surgit des hautes herbes. Il parcourut en bondissant quelques mètres, puis se dressa sur ses pattes de derrière pour voir d'où venait cette fois le danger.

Le conducteur trouva facilement ses chevaux, guidé de loin par leurs plaintes désespérées. Un animal mourant ne hennit pas, il vagit, d'une voix emplie de douleur et de terreur. Antti se pencha vers l'un des hongres couchés sur le flanc, le regarda dans les yeux, tenta de le calmer, lui caressa le museau, lui flatta l'encolure et l'épaule. Un éclat d'obus lui avait ouvert dans le ventre une blessure de cinquante centimètres d'où jaillissaient ses entrailles empuanties. La guerre n'est pas belle, elle est cruelle, sanglante et sale. Le cheval reconnut son conducteur, lui rendit son regard, gémit. Une lueur de joie éclaira ses yeux confiants, il soupira. Antti lui caressa le toupet et plaça son pistolet sur sa tempe. Pan!

L'autre hongre avait eu le cou transpercé par plusieurs éclats, il était inconscient mais encore en vie. Repan!

Après avoir achevé ses chevaux de guerre, le sergent Kokkoluoto s'empressa de rejoindre le conducteur Aaretti Huhtala. Celui-ci était étendu par terre sur le dos. Il avait la poitrine couverte de sang, sa veste en était trempée. Antti lui tâta le pouls, il battait faiblement. Aaretti était encore conscient, mais il avait à peine la force de parler. Il dit juste:

«Je n'en ai plus pour longtemps.

— Je vais te ramener, crois-moi, Aaretti.»

Avec la plus grande précaution, Antti le prit sur son dos. Courbé en deux, marchant d'un pas lent et régulier, il s'engagea sur le chemin du retour. Sous le couvert de la fumée des combats, il pensait y arriver. Le sang d'Aaretti mouillait le dos de sa vareuse, il en sentait la chaleur sur sa peau en sueur. Peu avant le ruisseau, une patrouille de quelques Russes qui, après la bataille, nettoyait le terrain conquis de toute présence finlandaise, émergea de la brume. Elle n'eut aucun mal à capturer Antti. Par chance, Aaretti Huhtala avait eu le temps de mourir quelques instants plus tôt sur le dos de son sauveur. Ainsi le valeureux conducteur ne tomba-t-il pas grièvement blessé aux mains de l'ennemi.

20

Souffrances d'un prisonnier de guerre

Le sergent Antti Kokkoluoto regardait pour la première fois l'ennemi en face. Six garçons tout à fait ordinaires. Fatigués, apeurés, indécis. Mais portant tous une mitraillette sous le bras. Leurs uniformes kaki étaient neufs, leurs casques étincelaient. C'étaient des soldats d'élite, envoyés conquérir la Finlande. Ils poussèrent Antti devant eux. Le brouhaha de la bataille, au loin, était tel que les coups de canon se fondaient en un unique tonnerre.

La patrouille arracha à Antti sa vareuse d'été ensanglantée et la jeta dans les broussailles. On lui lia les mains derrière le dos et l'on se mit en route vers les lignes arrière. Une demi-heure plus tard, la petite troupe atteignit les positions de l'artillerie soviétique. Des éclairs de soufre déchiraient la fumée. Les bouches des canons exhalaient vers les lignes adverses leurs messages meurtriers. De temps à autre, quand les batteries finlandaises répliquaient, la patrouille se jetait à terre. Antti avait beau être désarmé, son obusier tonitruait encore.

Au bout d'une heure de marche, on parvint au point de

rassemblement des prisonniers. C'était une grande tente, dans laquelle les Finlandais blessés étaient pansés. Certains étaient couchés sur des civières, d'autres avaient le corps criblé d'éclats. Une dizaine de captifs avaient été réunis aux abords de la tente. Des infirmiers russes tachés de sang accomplissaient leur travail en silence. Ils distribuèrent des tablettes de morphine aux plus grièvement atteints. Un lieutenant finlandais rendit l'âme. Quelques prisonniers furent désignés pour porter les brancards de leurs camarades blessés. Les autres furent sommés de se mettre en rang et l'on repartit vers l'arrière des combats. Remplacée par une demi-douzaine de gardes, la patrouille qui avait capturé Antti retourna nettoyer la première ligne.

Les Finlandais furent invités à accélérer le pas à coups de crosse de mitraillette. Un officier à cheval, surgi de nulle part, vint fouetter de sa cravache la colonne en marche. Il prenait visiblement plaisir à frapper les prisonniers désarmés et se pencha même sur sa selle pour atteindre les blessés étendus sur les civières, les cinglant en plein visage. Comme s'il n'y en avait pas eu assez, le sang coula de plus belle. Sous la violence des horions, la cravache de l'officier cassa. Il se mit alors à cogner sur les captifs avec la crosse de son pistolet. Il atteignit plusieurs fois Antti Kokkoluoto dans le dos. Celui-ci fixa le cavalier sadique droit dans les yeux, décidé, s'il le frappait encore une fois, à l'arracher de sa selle et à l'étrangler à mains nues. L'officier en resta là.

À l'arrivée au quartier général arrière, les prisonniers furent jetés dans la cave d'une grande ferme carélienne. Par miracle, il restait donc encore debout dans la zone au moins une maison finlandaise. À l'étage régnait une activité fébrile, l'état-major ne cessait d'envoyer des ordres sur les lignes. Les Russes menaient leur conquête à un train d'enfer. Quelques prisonniers de guerre ne pesaient pas lourd dans l'affaire.

Tard dans la soirée, Antti Kokkoluoto fut extrait de la cave pour un premier interrogatoire. Deux officiers d'état-major étaient assis, entourés d'une épaisse fumée de tabac, dans une petite pièce sous les combles. Ils semblaient épuisés. La violente offensive les avait eux aussi éprouvés. Ils n'avaient apparemment pas dormi depuis plusieurs jours. Ils demandèrent à Antti, en plus de son identité, de son corps et du nom de ses chefs, des détails sur sa mission, sur les effectifs de son unité et surtout sur l'armement de l'artillerie lourde. Il leur donna les renseignements voulus, car ils n'avaient à son avis rien de secret. On signa le procès-verbal d'interrogatoire et on ramena le prisonnier à la cave. Ce fut tout. Antti pensait en avoir fini, mais c'était compter sans le tristement célèbre NKVD, autrement dit le Commissariat du peuple aux affaires intérieures, entre les griffes duquel il tomberait par la suite. Mais en attendant, les quelques dizaines de captifs finlandais durent traverser à pied Leningrad en ruine pour gagner le camp de prisonniers de Volosovo, en Ingrie. Ce fut un véritable chemin de croix, sous la vindicte des habitants avides de vengeance de la ville affamée.

Dès les premiers pas, ce fut l'horreur. On ne voyait dans les rues que des soldats, des vieillards et des enfants. Les rares femmes présentes étaient ballonnées par la faim.

Parmi les bâtiments bombardés proliféraient de grossières casemates, des chevaux de frise et des trous d'obus.

Le maillot de corps couvert de sang séché d'Antti Kokkoluoto était raide comme de la tôle et lui arrachait la peau. Les coups de cravache de l'officier de cavalerie lui brûlaient le dos. Il n'avait rien mangé depuis deux jours et était si faible qu'il avait du mal à suivre le rythme de la marche forcée. Des haut-parleurs déversaient une propagande victorieuse. Les passants manifestaient ouvertement leur haine envers les malheureux captifs que des gardes armés de mitraillettes poussaient au pas de course dans les rues détruites. Sur un pont de la Neva, une voiture surgit derrière le groupe. Il en déboula un soldat soviétique ivre qui, brandissant une barre à mine, frappa le premier prisonnier de la colonne à la tête, dans un craquement sinistre. La foule applaudit et se mit à lancer des pavés sur les vaincus. Les gardes parvinrent à grand-peine à les entraîner vers de petites rues plus tranquilles. Ils sortirent enfin de la ville en claudiquant et se traînèrent, épuisés et désespérés, jusqu'au camp de prisonniers de Volosovo.

Là, les Finlandais furent logés dans des bâtiments en rondins de deux étages qui auraient pu être vivables si les prisonniers n'avaient dû, par manque de place, dormir par terre serrés comme des sardines. Leurs vêtements grouillaient de punaises et des rats couraient dans tous les coins. Antti se vit attribuer une couverture en lambeaux et, pour remplacer sa veste d'uniforme, un épais manteau de bure qui lui donnait plus l'air d'un moine que d'un soldat.

Les interrogatoires étaient menés par un officier du

NKVD ayant grade de major, assisté d'un lieutenant qui lui servait de secrétaire. L'interprète était un Finlandais passé à l'ennemi, haineux et déplaisant, qui menaça Antti du peloton d'exécution ou au mieux d'un long séjour en camp. Les questions étaient nombreuses et détaillées. L'héroïsme du sergent Kokkoluoto était connu. On se pencha sur sa vie familiale, son curriculum et ses opinions politiques. Les Russes avaient découvert, Dieu sait comment, que son père avait jadis organisé à Ykspihlaja des exercices de tir privés. Ils en avaient conclu qu'Antti était un fasciste extrémiste, membre de la garde blanche et donc ennemi juré du pays des Soviets. Afin de le faire parler, on lui fit subir deux simulacres d'exécution. Sans succès, car il ne craqua pas. Il expliqua qu'il avait au contraire été lui-même victime d'un enlèvement perpétré par les chemises noires, mais on ne le crut pas. Les sévères interrogatoires, qui se déroulaient en général de nuit, se prolongèrent pendant plus d'un mois. Dans la journée, les captifs devaient travailler au kolkhoze voisin. La nourriture était mauvaise et chiche, l'Union soviétique entière souffrait de la faim. Les civils étaient paraît-il encore moins bien lotis que les prisonniers de guerre. En un mois, Antti perdit plus de dix kilos. Finalement, il fut conduit avec quelques autres Finlandais à la gare la plus proche, où on les fit monter dans un wagon à bestiaux dont on verrouilla les portes, les laissant dans le noir. Ils disposaient d'un trou rond dans le sol pour faire leurs besoins et d'un seau d'eau potable dans un coin.

Leur sinistre voyage en train dura deux semaines. La plupart du temps, le convoi restait à attendre, immobilisé sur les voies de triage de gares de marchandises. Il s'écoulait parfois plusieurs jours avant qu'il ne s'ébranle à nouveau. Ils arrivèrent enfin, hirsutes, barbus et couverts de poux, dans la ville de Tcherepovets, à six cents kilomètres au nord de Moscou, où on les envoya au sauna pour les débarrasser de leur vermine. Les plus faibles furent conduits à l'hôpital. Antti Kokkoluoto y passa lui aussi quelques jours, ce qui lui sauva encore une fois la vie.

Le camp 158 se trouvait dans l'oblast de Vologda, non loin du lac de retenue du barrage de Rybinsk. La région était sèche et boisée, avec un sol argileux, ce qui rendait les routes impraticables à l'automne et au printemps. Le camp était entouré de trois côtés par les champs d'un kolkhoze, du quatrième par un village. À cinq cents mètres coulait une pittoresque rivière, la Cheksna.

La nourriture était un peu meilleure qu'à Volosovo. Officiellement, la ration quotidienne des prisonniers qui travaillaient était d'environ quatre cents grammes de pain, cent grammes de semoule et de farine de blé, autant de poisson, d'huile, de saindoux, de sucre, plus une livre de pommes de terre et d'autres légumes, avec pour condiments du sel, du vinaigre, du poivre et des feuilles de laurier, ainsi que du thé. Mais seule la quantité de pain correspondait à peu près aux normes. Les autres produits manquaient parfois totalement. Les légumes frais, par exemple, étaient souvent remplacés par du chou ou des pommes de terre séchées. Avec un tel régime, les captifs étaient de plus en plus maigres et malades, et beaucoup mouraient. Leur emploi du temps ne leur laissait aucun répit : réveil à cinq heures et, les obligations matinales expédiées, départ au travail peu après six heures. Déjeuner à midi sur les chantiers et retour au camp vers dix-huit heures. Le soir, les prisonniers effectuaient de petites réparations, mangeaient le peu qu'on leur donnait et se couchaient à vingt et une heures.

Les Finlandais étaient le plus souvent employés comme bûcherons, quand ils ne travaillaient pas à extraire de la tourbe. Certains participaient à la construction de la route Vologda-Iaroslavl, d'un pont sur la Mologa, ou, au bord de la rivière, d'un port et d'un chantier naval de réparation. Antti fut envoyé dans les tourbières, avec pour avantage de pouvoir y attraper de grosses couleuvres et de cueillir des champignons dans les îlots de forêt. Les gardiens regardaient avec étonnement les Finlandais cuisiner dans de grandes boîtes en fer-blanc de la soupe de serpent et de champignons.

Conséquence de ce mets ou pas, Antti Kokkoluoto et plusieurs autres prisonniers qui en avaient mangé attrapèrent la dysenterie. L'épreuve fut d'autant plus rude qu'ils étaient déjà en mauvaise santé. Le sergent maigrit encore, jusqu'à peser moins de cinquante kilos. La mort semblait plus proche que jamais. Il fallut une injection de sérum antibacillaire pour que l'état des patients commence peu à peu à s'améliorer. Le remède arriva cependant trop tard pour certains, car le mal s'attaquait aux poumons et beaucoup furent emportés par la pneumonie. Ils furent encore plus nombreux à mourir de la diphtérie qu'avaient répandue des captifs arrivant d'autres régions du pays.

Le plus étonnant était que les prisonniers de guerre

étaient payés. En tant que sergent, Antti touchait une solde de sous-officier qui s'élevait à sept roubles par mois. Avec ce modeste salaire, il achetait des cigarettes de makhorka, non pas pour les fumer, mais pour les échanger contre du pain.

Vers la fin de l'automne, sa santé s'était tellement détériorée qu'il fut rétrogradé de la première à la troisième catégorie de prisonniers, que l'on n'affectait qu'à des travaux légers. La quatrième regroupait les malades chroniques. La cinquième, à en croire la plaisanterie qui courait dans le camp, était réservée aux morts. Antti put donc se consacrer à la fabrication d'objets en bois, bobines de fil, seaux et tonneaux, pipes et étuis à cigarettes. Son état commença petit à petit à s'améliorer.

Au camp de Tcherepovets, on pouvait aussi recevoir une formation politique, mais Antti Kokkoluoto s'y refusait, malgré la rumeur selon laquelle ceux qui assistaient aux cours antifascistes seraient renvoyés chez eux avant les autres. Il ne voulait laisser au NKVD aucune chance de le recruter et n'avait pas la moindre intention de se transformer une fois de retour en Finlande en espion soviétique, en dépit des propositions qui lui avaient été faites en ce sens. Il ne figura donc pas dans le premier lot de prisonniers à être libérés et ne rentra enfin de la guerre que parmi les suivants. Pour fêter Noël auprès des siens.

21

Le dur retour de la paix

Le maréchal Mannerheim fut élu président de la République le 4 août 1944, en remplacement de Risto Ryti. Il conserva en même temps ses fonctions de commandant en chef des armées. La nation était en danger. Jamais auparavant, sans doute, autant de pouvoir n'avait été concentré en Finlande entre les mains d'un seul homme. En conséquence, on acheta naturellement de nouvelles voitures de fonction pour le chef de l'État et plus personne n'eut besoin, même à Mikkeli, de la Studebaker de Tuomas Kokkoluoto, bien qu'elle fût toujours aussi rutilante et parfaitement à la hauteur comme véhicule officiel. En octobre, la berline fut restituée à son propriétaire. Le marchand alla la chercher à l'arsenal de la Défense nationale à Oulu. Elle y avait été transportée par chemin de fer peu après que les Allemands avaient quitté la ville et que les combats de la guerre de Laponie s'étaient déplacés vers Kemi et Tornio, où les Finlandais avaient audacieusement pris leurs ex-alliés à revers en transférant des troupes par bateau à Ryöttä, à quelques kilomètres de la ville.

La Studebaker était en excellent état. Elle avait heureusement échappé à la pose d'un gazogène, l'armée avait su trouver assez de carburant pour alimenter au moins la voiture du commandant en chef.

Suoma Kokkoluoto était à nouveau sur le point d'accoucher. Elle travaillait à la capitainerie du port d'Ykspihlaja. Ses collègues l'appréciaient, malgré le patois du Kainuu qu'elle parlait encore. Tous plaignaient cette jeune femme enceinte dont le mari avait été porté disparu. Beaucoup lui assuraient qu'il avait dû être fait prisonnier et n'était pas forcément mort. C'était une possibilité, lui répétait-on. Elle-même voulait y croire, car comment aurait-il pu être tué au combat alors que Linnea lui avait prédit une longue vie ?

À l'automne, Suoma demanda trois jours de congé afin d'aller rendre visite à ses parents à Kajaani. Tuomas Kokkoluoto l'y conduisit dans sa Studebaker. Ce fut un triste séjour. Lilja Oinonen faisait de son mieux pour consoler sa fille. Reino et Tuomas parlaient à voix basse d'Antti, leur gendre et fils, se disant que s'il était décédé, son corps aurait sûrement été rendu à la Finlande après la signature de l'armistice.

Hanna rendait souvent visite à Linnea afin de lui demander ce qu'elle savait du sort de son héroïque fils chéri. La voyante était formelle, il n'était pas mort mais prisonnier de guerre. Elle ajoutait pour la rassurer que malgré la dureté des camps, il était, vu les circonstances, plutôt en bonne santé. Il avait maigri, tout au long de sa captivité, mais pour le reste il n'y avait pas de quoi s'alarmer.

Un jour d'automne, Tuomas Kokkoluoto vit entrer dans sa boutique un étrange visiteur, qui demanda à lui parler en privé. Ils sortirent bavarder dans la cour.

L'homme, d'une quarantaine d'années, avait la mine déterminée et rappelait vaguement quelque chose au marchand. Il se présenta : c'était en fait le major Tauno Luukkonen, d'Oulu, pour l'occasion en civil. Celui-là même qui avait procédé à l'interrogatoire de Tuomas à l'époque troublée de la jacquerie de Nivala. Le marchand en avait gardé l'image d'un officier sévère mais juste, qui n'était alors que lieutenant.

Le major Luukkonen alla droit au but. Il expliqua que la patrie, après avoir perdu la guerre, risquait maintenant d'être occupée par l'Union soviétique. De nombreux signes inquiétants le laissaient présager. La Commission internationale de contrôle de l'armistice se renseignait ouvertement sur les voies de communication, les centraux téléphoniques et l'emplacement des arsenaux finlandais, autrement dit sur toutes sortes de questions militairement essentielles pour un conquérant prêt à mettre la main sur le pays. Malgré la dissolution de la Garde civique, il avait donc été décidé d'organiser avec l'appui de ses anciennes sections locales une opération d'envergure nationale visant à constituer des arsenaux clandestins, au cas où l'Union soviétique profiterait réellement de la situation pour envahir tout le territoire. C'était l'occasion ou jamais pour l'Armée rouge, maintenant que les soldats finlandais avaient été renvoyés dans leurs foyers au nom de l'armistice et que le peu de troupes qui restaient étaient occupées à se battre contre les Allemands en Laponie. Le pays n'avait jamais été aussi vulnérable.

En prévision d'une guerre de partisans, le major Luukkonen avait été chargé de cacher d'importants stocks de matériel militaire en Ostrobotnie. Sa question était simple : Tuomas Kokkoluoto était-il disposé à entreposer les armes destinées aux francs-tireurs de la région ? Il y en avait beaucoup et on ne voulait pas mettre trop de monde dans la confidence. Les fusils réservés aux volontaires de Kokkola avaient été cachés depuis déjà un moment. Il n'y en avait pas énormément, juste de quoi équiper l'équivalent d'une compagnie, mais il s'agissait maintenant du matériel nécessaire à toutes les troupes de partisans d'Ostrobotnie. On avait besoin d'un homme fiable et sûr, doté d'un solide sens de l'organisation. Le major savait que le fils de Tuomas, le sergent Antti Kokkoluoto, avait été porté disparu lors de la phase finale de la grande offensive. C'était une des raisons pour lesquelles il pensait que le marchand pourrait être favorable à cette opération secrète. La situation était critique, on ne pouvait pas rester à attendre les bras croisés ce qu'apporterait le vent de l'histoire. Il fallait se préparer au pire, à savoir à l'occupation du pays par l'Armée rouge. Luukkonen n'ignorait pas non plus que Tuomas et Antti Kokkoluoto avaient des tendances gauchistes. Les dossiers des services de renseignement de l'armée mentionnaient la tentative d'enlèvement de l'époque du Mouvement de Lapua qui avait, Dieu merci, lamentablement échoué. Mais des convictions sociales-démocrates n'impliquaient pas de lécher les bottes des Russes.

Les choses étaient claires. Tuomas Kokkoluoto s'engagea à cacher les armes en lieu sûr. Elles pourraient en cas d'invasion du pays être immédiatement distribuées aux groupes de francs-tireurs. Au début du XVIIIe siècle, déjà, lors de la grande guerre du Nord, des partisans avaient combattu l'occupant russe sous la conduite de Tapani Löfving. On n'en ferait pas moins.

Le marchand devait juste garder la tête froide et ne pas piper mot du projet, pas même à sa femme, et surtout pas à Linnea, qui, prévenue, risquait à coup sûr de voir la future guérilla dans ses fameux songes prémonitoires.

Le major Luukkonen demanda à Tuomas Kokkoluoto s'il disposait d'assez de liquidités pour financer le stockage initial du matériel militaire, puis sa dissémination dans des caches plus sûres. Il fallait en effet recruter quelques hommes de confiance pour mettre en œuvre le projet. Il ne s'agissait pas de les payer, tous seraient volontaires, au nom de la défense de la patrie. Mais il y aurait forcément des frais, vu l'envergure de l'opération, ne serait-ce que pour le gîte, le couvert et le carburant. Le marchand se vanta d'avoir de quoi cacher au besoin les réserves d'armes du pays entier.

Moins d'une semaine après cette conversation, on vit arriver à la gare d'Ykspihlaja un train de marchandises dont deux wagons transportaient un chargement destiné à Tuomas Kokkoluoto. Ils furent aiguillés sur la voie de son entrepôt. Le soir même, trois gros bras se présentèrent en silence à la porte du hangar. Toute la nuit, ils aidèrent le marchand à décharger et stocker les armes. Une fois le travail terminé, la locomotive de triage vint chercher les wagons vides. L'un des hommes se posta en sentinelle à la porte principale. Tuomas tenta pendant ce temps, parmi les quartauts de beurre, les sacs de sel, les tonneaux de goudron et les caisses de mitrailleuses, de faire l'inventaire du matériel qui lui avait été confié.

Les armes étaient emballées dans des coffres en planches. Leurs couvercles étaient fermés, mais, par curiosité, le marchand en ouvrit quelques-uns afin de voir ce qu'ils contenaient. Sans surprise, il découvrit des Mosin-Nagant, des mitraillettes et des fusils-mitrailleurs. Il y en avait des centaines, répartis dans plusieurs dizaines de caisses. Dans certaines des plus grandes reposaient des mitrailleuses et des mortiers. Six recelaient des canons antichars légers en pièces détachées. Le stock se composait cependant en majorité de lourdes boîtes de métal pleines de cartouches et autres munitions, ainsi que d'un grand nombre de grenades. Il y avait aussi, dans des jerrycans en tôle, des centaines de litres de carburant, essence et gazole.

Tuomas Kokkoluoto se rappelait la fois où il avait, avec son fils, transporté et caché dans les entrailles de batteuses des bidons de dix litres d'alcool. La marchandise qu'abritait maintenant son entrepôt du port était encore bien plus dangereuse. Si seulement Antti était là… ils pourraient à eux deux mettre les armes en lieu sûr. Le garçon était-il seulement en vie ?

22

Les Kokkoluoto cachent des armes

Antti revint de captivité à la fin de l'année 1944, dans le deuxième lot de prisonniers remis aux autorités finlandaises, le jour de Noël. Un millier d'hommes avaient déjà été libérés en novembre. Cette fois, ce furent 549 soldats, dont le sergent Kokkoluoto, qui arrivèrent d'Union soviétique en wagon à bestiaux. Au printemps suivant, 89 de plus rentrèrent de la guerre.

La captivité d'Antti avait duré près de six mois. Ce n'était pas très long, mais l'épreuve n'en avait pas moins été terrible. Il avait perdu un tiers de son poids et pesait à peine cinquante kilos. Sa peau avait viré au gris. Avec son pas chancelant, on aurait dit un fantôme. Aussitôt parvenus en Finlande, le sergent et ses compagnons d'infortune furent conduits à Hanko pour y être mis en quarantaine. Il n'était pas question de laisser les prisonniers durement éprouvés rentrer tout de suite chez eux, un isolement de deux semaines les attendait, afin d'éviter toute contagion, ainsi que des interrogatoires serrés. Ils devaient faire l'objet d'une enquête car l'on craignait qu'ils aient pu être recrutés comme espions, sous la menace ou par appât du gain. Quelques cas avaient été signalés après la guerre d'Hiver. Les souffrances de la captivité, la faim, les maladies et les mauvais traitements avaient pu cette fois encore avoir raison de soldats tombés sans défense aux mains de l'ennemi.

Dans le cas d'Antti Kokkoluoto, les enquêteurs ne se posèrent même pas la question. Les états de service du sergent étaient irréprochables. C'était un homme d'une droiture totale qui avait fait preuve pendant toute la guerre d'un comportement exemplaire. Malgré ses sympathies de gauche, il n'était pas communiste, et on ne pouvait raisonnablement pas le soupçonner d'être à la solde des Russes. Aussi fut-il versé dans la réserve deux semaines après son retour d'Union soviétique.

À la mi-janvier, Antti rentra enfin chez lui. C'était maintenant un homme de vingt-sept ans, qui, pour son âge, en avait beaucoup vu. Il commença par embrasser sa femme et ses enfants. La soupe de poisson cuisinée par Suoma lui parut divine. Les autorités avaient conseillé aux familles de ne pas donner de nourritures trop riches ou trop grasses aux soldats revenant de captivité et de ne remplumer que lentement les malheureux qui n'avaient plus que la peau sur les os. Ils risquaient sinon de souffrir de coliques ou d'occlusions intestinales susceptibles de leur être fatales.

Le soir de son retour, Antti se rendit à pied au cimetière Sainte-Marie de Kokkola, où il resta un long moment penché sur la tombe de sa première fiancée, Kerttu. Il était venu les mains vides, sans fleurs ni rien. Où aurait-il d'ailleurs trouvé une gerbe en plein hiver ? Il venait de traverser de dures épreuves, mais il était malgré tout vivant, contrairement aux millions de personnes qui avaient péri dans la tourmente de la guerre mondiale. Le soldat amaigri songeait à Kerttu et à Suoma, sa femme, et, soudain, il se sentit rasséréné. Du tréfonds de son âme monta un souhait silencieux, presque une prière : puisse Suoma vivre longtemps, puisse-t-elle avoir le temps de devenir une vieille grand-mère.

Après s'être reposé quelques semaines, Antti se remit peu à peu au travail. Il fit enregistrer à la capitainerie du port d'Ykspihlaja, sous le nom d'Arrimeurs associés Antti Kokkoluoto & Cie, une nouvelle société de chargement et de déchargement de navires. Le « Cie », dans l'affaire, était son propre père. Linnea Lindeman investit également un bon paquet d'argent dans l'entreprise. Elle avait, au cours de sa longue vie, économisé sur son compte en banque une part confortable des revenus de son activité d'accoucheuse.

Antti rêvait parfois tout haut, devant Suoma, de s'élever aussi haut sur l'échelle sociale que des piliers de la vie économique locale tels qu'Adolf Lahti ou les richissimes Rodén. Il ne parviendrait peut-être jamais au niveau des propriétaires des ateliers de construction mécanique Friis, mais en y mettant toute son énergie, il pensait pouvoir damer le pion à bien des vieux commerçants et hommes d'affaires d'Ykspihlaja comme le négociant en bois Kustaa Strömbäck, qui régnait sur le port au début du siècle. Suoma lui conseilla de rester en bons termes avec le groupe Rauanheimo, qui disposait d'un énorme capital depuis que Nordström, qui avait fait fortune à Petchenga avec sa conserverie de poisson, avait fondé à Ykspihlaja, au moment de la trêve, les sociétés Liinahamari Stevedoring et M. Rauanheimo.

Le nouveau patron embaucha des hommes tout juste revenus du front. Cet hiver-là, les Arrimeurs associés Antti Kokkoluoto & Cie chargèrent seize bateaux. Une bonne part de ces cargaisons était constituée de livraisons dues à l'URSS au titre des réparations de guerre. Le travail était bien payé, mais c'était un crève-cœur de remplir des navires flambant neufs de précieux produits industriels. Bateaux et marchandises prenaient le chemin de la Russie en paiement du dédommagement dû au vainqueur. Les hommes d'Antti déchargeaient presque tous les jours dans le port des trains venus de diverses usines de construction mécanique — tout comme son père avait un mois ou deux plus tôt vidé de leur cargaison d'armes les wagons qui avaient été aiguillés sur la voie de chemin de fer de son entrepôt d'Ykspihlaja.

Tuomas estimait d'ailleurs qu'il était temps de révéler à son fils quel genre de marchandises il conservait dans son hangar. Le projet n'étonna guère Antti, mais il fut stupéfait par la quantité de matériel entreposé. Instruit par la guerre et par la captivité, il se rendait bien compte du danger de l'entreprise. Si les caches d'armes étaient découvertes, la Commission de contrôle des Alliés pourrait en tirer prétexte pour faire pression sur la Finlande et, dans le pire des cas, l'accuser de grave violation de l'armistice et occuper tout son territoire.

Antti était d'avis que l'on ne pouvait conserver les armes

plus longtemps dans l'entrepôt. Il y en avait trop et le port était un endroit trop fréquenté pour pouvoir y garder la puissance de feu d'un bataillon, voire d'un régiment entier. Tout en continuant à travailler sur les docks dans la journée, à arrimer des cargaisons à destination de l'Union soviétique, Antti se mit, la nuit, à parcourir l'Ostrobotnie du Nord au volant de la Studebaker de son père, avec deux ou trois costauds. La voiture était si lourdement chargée de caisses d'armes que le châssis venait buter sur les ressorts. Mais la berline de luxe était puissante et spacieuse, et l'on put y transporter aux quatre coins de la province la majeure partie de la marchandise. Pour les lourdes boîtes pleines de munitions, Antti loua des camions, en échange d'une somme modique, à des chauffeurs routiers d'Ykspihlaja. Ils n'en avaient pas besoin la nuit et se doutaient bien que l'on s'en servait pour convoyer des chargements clandestins. L'existence d'arsenaux secrets était connue de beaucoup, mais personne n'aurait un seul instant songé à en avertir les autorités. La nation était tout entière acquise à cette dangereuse entreprise.

Les armes et les munitions furent cachées dans des lieux soigneusement choisis. Dans des fermes amies, on aménagea derrière de doubles cloisons des espaces protégés de l'humidité. Des planchers de grange furent déposés afin de creuser dessous de larges et profondes excavations équipées de drains et tapissées de planches. On remit ensuite les lattes en place et on masqua le tout avec du foin séché. Bon nombre de caves, de greniers et de puits taris furent réquisitionnés. Dans un village isolé, un hangar de battage fut converti en entrepôt d'armes. On avait aussi besoin de lieux secs et abrités pour les radios, les boussoles, les jumelles, les explosifs et les documents tels que cartes et matricules. La chapelle d'Yli-Kurikka, qui ne servait que l'été — et encore, uniquement pour les mariages de la Saint-Jean —, fut transformée en arsenal avec l'aide bienveillante du vicaire. Le jeune ecclésiastique s'impliqua avec enthousiasme dans cette œuvre qu'il pensait bénie de Dieu. Il avait été aumônier pendant la guerre, sur le Svir, et se souvenait du sergent Antti Kokkoluoto.

Le chef de la police du village d'Yli-Kurikka prêta également main-forte aux conjurés en veillant à ce que ses agents n'aient pas vent de leurs activités nocturnes. Il s'arrangea pour qu'ils soient occupés ailleurs les nuits où l'on transportait du matériel militaire lourd. Des traîne-savates acquis à la cause commune se sacrifiaient pour la patrie en buvant des quantités phénoménales d'eau-de-vie, fournies par le chef de la police, et, poussés par la boisson, déclenchaient de si belles bagarres villageoises qu'il fallait aux forces de l'ordre d'Yli-Kurikka, pour séparer les combattants, plus de temps que l'on n'en avait besoin pour cacher les armes.

Suoma Kokkoluoto se plaisait à son travail à la capitainerie du port d'Ykspihlaja. Sa belle-mère, Hanna, s'occupait volontiers des enfants dans la journée et préparait même le soir à dîner pour toute la famille. Tuomas continuait de veiller sur la maison et la boutique de Kokkola. Avec son fils, il se livrait également cet hiver-là à un étrange trafic qui l'occupait souvent jusque tard dans la nuit, au point que Hanna se demandait s'il ne s'était pas, sur ses vieux jours, amouraché d'une autre femme. L'explication ne semblait pourtant guère convaincante, car pourquoi aurait-il dans ce cas tenu à emmener Antti dans ses expéditions nocturnes ? Ils étaient aussi en de nombreuses occasions accompagnés d'autres hommes. Il se tramait quelque chose de mystérieux, et de dangereux. Il ne restait plus qu'à espérer que le père et le fils ne s'attireraient pas d'ennuis.

23

Nouveau séjour d'Antti en prison

Aux termes de l'armistice signé avec l'URSS, la Finlande s'était engagée à chasser de Laponie les troupes allemandes, fortes de deux cent mille hommes, qui s'y trouvaient encore. Ces anciens frères d'armes, au cours de leur retraite, incendièrent les villes et les villages et firent sauter les ponts et les usines, dévastant totalement la région. Les combats se poursuivirent jusqu'à la fin de 1944 et les Allemands ne cessèrent leurs ravages qu'en quittant le pays au début de l'année suivante, en avril 1945 pour les tout derniers. La paix, bien que lourde d'incertitudes, était enfin revenue.

Les Kokkoluoto se tenaient en permanence sur leurs gardes du fait de leurs activités clandestines. Antti reprit son entraînement au tir, non pas en prévision de la guerre, cette fois, mais à des fins sportives. À trois cents mètres, il totalisait facilement en dix coups un résultat proche de cent points, ou du moins supérieur à quatre-vingt-dix.

Suoma n'appréciait guère la passion de son mari, mais celui-ci lui jura qu'il n'avait pas l'intention d'adhérer au club de tir des anciens de la Garde civique. Il voulait participer aux Jeux olympiques qui devaient être organisés quelques années plus tard à Helsinki et espérait bien remporter une médaille. Mieux valait commencer à s'entraîner le plus tôt possible. Il lui restait heureusement encore près d'une décennie avant la compétition. S'il ne parvenait pas dans ce laps de temps à devenir champion du monde, ce ne serait pas faute d'avoir essayé.

Au printemps 1945, quelques caches d'armes isolées furent découvertes. À Oulu, un ouvrier malintentionné qui était au courant de l'opération avait menacé de prévenir la Commission de contrôle si on ne lui versait pas une somme conséquente pour se taire. On avait refusé de céder au chantage et l'homme avait craché le morceau. On avait trouvé des fusils et les journaux en avaient fait leurs choux gras. La situation avait ceci de paradoxal que les officiers qui avaient été à l'origine du projet, à l'automne précédent, avaient déjà décidé, de leur plein gré et en toute discrétion, de démanteler les caches et de remettre les armes à leur place dans les arsenaux militaires où elles avaient été volées. Mais on en avait tant disséminé, jusque dans chaque village ou presque, qu'il était devenu impossible de les rendre sans que cela se sache. Les révélations se multiplièrent, une vague de dénonciations déferla sur le pays. À Kokkola et à Ykspihlaja, on attendait avec anxiété le jour où les Kokkoluoto seraient eux aussi trahis.

Il y avait réellement de quoi s'inquiéter, car la presse d'extrême gauche, à commencer par l'organe de l'Union démocratique du peuple finlandais, s'était emparée de l'affaire à des fins de propagande. « Les caches d'armes doivent être mises au jour et les coupables arrêtés », proclamaient ses gros titres. À Kiuruvesi, où du matériel militaire clandestin avait été découvert, une manifestation fut organisée par des représentants de l'Association Finlande-URSS, du Parti communiste finlandais, de l'Union démocratique du peuple finlandais et même des sociaux-démocrates et des syndicats, afin d'exiger du gouvernement qu'il arrête et punisse les coupables.

Au fil du printemps, les nouvelles de ce genre se firent de plus en plus nombreuses, au point que Tuomas et Antti Kokkoluoto se décidèrent à aller voir le président de la section locale du Parti social-démocrate afin de vérifier qu'ils étaient à jour de leurs cotisations pour toutes les années de guerre. Le marchand régla les sommes dues pour les quelques échéances qui avaient été négligées et demanda un reçu.

Des caches d'armes ne cessaient de faire surface. À Sotkamo, on dénicha entre autres, fin mars, 2 fusils, 28 obus de mortier, 3 caisses de grenades, 600 cartouches de fusil et 1 fût d'essence. Ce n'était pas grand-chose, mais cela suffisait à nourrir la presse.

À Oulu, l'arsenal de l'armée avait récupéré une assez grande quantité de matériel militaire, dont 46 caisses de munitions. Sur ordre de l'officier responsable, le major Tauno Luukkonen, le tout aurait dû être chargé dans un wagon de chemin de fer et expédié à l'entrepôt n° 8 d'Ykspihlaja puis au dépôt n° 4 d'Inha. Dieu sait pourquoi, le transport ne se fit pas. On ne manquait pas pour autant d'armes à Ykspihlaja, avec celles que Tuomas et Antti y avaient stockées.

Tout au long du printemps et de l'été, la Sécurité intérieure exhuma des caches. Les coupables furent appréhendés et placés en détention provisoire, pour la plupart dans les prisons de Katajanokka ou de Sörnäinen, à Helsinki. Les officiers supérieurs de l'état-major à l'origine de l'opération furent arrêtés en juin. Ils furent par la suite condamnés à des peines de réclusion. Certains avaient cependant eu le temps de se réfugier en Suède, d'où quelques-uns fuirent jusqu'aux États-Unis et en Amérique du Sud.

Les activités clandestines de Tuomas et d'Antti Kokkoluoto furent découvertes à l'été 1945. La Sécurité intérieure avait été informée par différentes sources que le marchand et son fils avaient dissimulé de grandes quantités d'armes détournées des arsenaux militaires et placées sous leur garde. Tous deux furent arrêtés et emprisonnés.

Une vaste enquête fut menée à l'échelle nationale, sous la direction d'une cellule spéciale du ministère de l'Intérieur. Au total, six mille suspects furent entendus et des milliers de sentences prononcées. La grande majorité des condamnés écopèrent de courtes peines dont on déduisit les mois passés en préventive. Dans toute l'histoire des pays nordiques, jamais on n'avait vu d'affaire d'une telle ampleur, qu'il s'agisse de l'instruction, des procès ou des jugements.

Tuomas Kokkoluoto ne resta que trois semaines en détention provisoire, mais Antti passa cinq mois enfermé, à Katajanokka puis à Sörnäinen.

Son séjour à la maison d'arrêt de Katajanokka dura un mois. Les cellules finlandaises avaient un côté accueillant, en comparaison des geôles russes. La prison était propre, le sol de pierre régulièrement lavé. Les gardiens s'abstenaient de frapper les détenus, et même de leur crier dessus. La nourriture était saine et abondante. Antti Kokkoluoto songea que s'il avait fallu décerner des étoiles et en donner une au camp de Tcherepovets, la prison de Katajanokka en méritait cinq haut la main.

On avait aussi écroué à Katajanokka l'ancien major de la garde civique d'Oulu Tauno Luukkonen. Celui-ci avait tenté de s'enfuir en Suède après la découverte des caches d'armes, mais avait été arrêté à la frontière à Haparanda. Il craignait d'être condamné à une lourde peine. Antti Kokkoluoto et Tauno Luukkonen se croisèrent plusieurs fois dans la cour de la prison à l'heure de la promenade quotidienne. Devant les enquêteurs, le major témoigna en faveur d'Antti, expliquant que ce dernier avait agi en toute bonne foi et n'avait à aucun moment cherché à se dresser contre l'ordre établi. Il était au contraire mû par des motifs patriotiques et aurait été prêt, aux dires de Luukkonen, à résister les armes à la main si l'Armée rouge avait envahi la Finlande. Antti Kokkoluoto fut malgré tout condamné à cinq mois de détention, dont il purgea le reliquat à la prison de Sörnäinen. Il s'y trouvait déjà des dizaines d'hommes jugés coupables, aux quatre coins du pays, de recel de matériel militaire. Le plus célèbre d'entre eux était le général de division Aksel Fredrik Airo. La Sécurité intérieure le considérait comme le principal instigateur de l'affaire des caches d'armes, mais ne parvint jamais à étayer ce soupçon. Le général passa néanmoins près de trois ans à Sörnäinen.

Avec plusieurs autres conjurés de haut rang, il jouait au volley-ball dans la cour de la prison. C'était aussi un gros fumeur. Le père d'Antti, Tuomas, gérait avec efficacité l'envoi de colis aux détenus et le général put ainsi lui aussi bénéficier de tabac gratuit. Le sergent Kokkoluoto fut naturellement admis dans l'équipe de volley des officiers supérieurs. Il jouait d'ailleurs très bien, car il avait l'œil vif et la main sûre. Airo, qui était plutôt court sur pattes, avait plus de mal. Pendant les pauses, il tirait nerveusement sur sa cigarette, les joues caves. Pour le reste, c'était un homme sympathique qui n'ignorait rien des actes de bravoure d'Antti sur le front. Il était tout particulièrement intéressé par son expérience des camps. Quand il apprit comment les prisonniers avaient dû traverser Leningrad au pas de course, il reconnut qu'il aurait peut-être malgré tout fallu lâcher sur la ville des tracts expliquant que les Finlandais n'avaient pas participé avec les Allemands à sa destruction et lui avaient au contraire épargné des bombardements massifs.

Le général et le sergent avaient de longues conversations, notamment à propos du maréchal Mannerheim, que le premier considérait comme un soldat relativement capable, en dépit de son côté irrémédiablement vieux jeu. Il lui reprochait toutefois de ne pas avoir assez bien préparé l'armée à la contre-offensive russe de l'isthme de Carélie, alors que l'on savait, par des renseignements parvenus tout au long du printemps et du début de l'été, que l'ennemi concentrait ses troupes dans ce secteur. Les Finlandais s'étaient laissé surprendre. Antti raconta comment il avait vécu cette grande bataille, en tant que simple canonnier conducteur, et comment il avait été capturé par les Soviétiques. Airo admit que l'on avait perdu beaucoup d'hommes de valeur, au cours de ces journées.

Le général avait en réserve de nombreuses anecdotes amusantes sur la Studebaker. Elle était agréable à conduire, avoua-t-il, mais si puissante qu'on avait parfois du mal à la maîtriser. Il se vanta d'avoir lui-même pris maintes fois le volant. Le plus souvent, le maréchal était alors assis sur le siège arrière. Un jour, il avait perdu le contrôle de la voiture, qui avait fini sa course dans les labours.

« Il s'en est fallu de peu que notre commandant en chef ne meure au champ d'honneur », plaisanta Airo.

Tuomas et Antti Kokkoluoto durent attendre la fin de la décennie pour pouvoir tirer un trait définitif sur l'affaire, mais aucun d'eux ne l'oublia jamais. Le grand public ne les voyait pas comme des criminels, pas plus d'ailleurs qu'aucun autre condamné de cette aventure. Les commerces de Tuomas Kokkoluoto avaient même rarement attiré autant de clientèle. Il possédait à l'époque trois magasins à Kokkola, plus un à Ykspihlaja. L'heure était encore au rationnement, mais le marchand et son fils étaient considérés par les fermiers de la région comme des boucs émissaires, victimes de leur esprit de sacrifice. Leurs boutiques ne manquaient donc ni de lait, ni de viande, ni de grain.

Au début des années cinquante, la Finlande se tourna avec l'enthousiasme d'une nation de sportifs vers la préparation des Jeux olympiques. Antti Kokkoluoto enfouissait peu à peu au fond de sa mémoire les douloureuses épreuves de la guerre. Il avait fêté ses trente ans en 1948 et s'était taillé une place solide, en tant que chef d'entreprise, dans la vie économique d'Ykspihlaja. Il employait une vingtaine de dockers à temps plein et souvent, quand il y avait au port plus de bateaux que d'habitude à charger et à décharger, ses équipes pouvaient compter jusqu'à cent hommes. Suoma et lui avaient maintenant quatre enfants et la jeune femme avait abandonné son travail à la capitainerie du port. Elle s'occupait malgré tout de la comptabilité et de la facturation des Arrimeurs associés Antti Kokkoluoto & Cie.

Antti s'entraînait au pistolet deux ou trois fois par semaine. Il voulait remporter les Jeux olympiques, mais, plus important encore, pouvoir à l'avenir se défendre. Deux séjours en prison suffisaient. Si les Russes ou la Sécurité intérieure tentaient encore une fois de lui passer les menottes, il ne se laisserait pas faire. Il s'était juré de tirer au besoin les intrus comme des perdreaux.

Antti Kokkoluoto fut sélectionné pour faire partie de l'équipe olympique de tir au pistolet libre. Au fil des années, il était devenu champion de Finlande de la discipline et l'on espérait donc de lui qu'il monte aussi sur le podium aux jeux de Helsinki. La famille Kokkoluoto au grand complet prit le train pour la capitale, car la Studebaker commençait à peiner sur les longues distances. Tuomas avait essayé de la vendre, mais personne ne voulait d'un aussi vieux modèle. Il avait donc relégué sa berline dans sa remise, montée sur cales.

Lors des épreuves de qualification des jeux, il se produisit un fâcheux incident. Antti tira normalement ses dix coups, du moins lui sembla-t-il, mais lorsqu'on compta les points, le résultat battit tous les records, avec un score de plus de cent. Comment était-ce possible ? On constata qu'Antti avait logé onze balles dans la cible. La cartouche en trop lui avait-elle été distribuée par erreur ou l'avait-il sortie de sa poche, pensant ainsi ruser ?

On mena l'enquête, car les organisateurs des jeux ne pouvaient laisser passer la moindre irrégularité. Antti Kokkoluoto, dépité, se promit de s'entraîner dorénavant au tir de précision à la mitrailleuse. Dans cette catégorie, personne n'avait le loisir de compter les cartouches.

L'affaire remonta jusqu'au président du comité d'organisation des Jeux olympiques, le sémillant aristocrate Erik von Frenckell. On lui demanda discrètement comment procéder dans cette étrange histoire de tir. En tant qu'inflexible garant de la réputation sportive de la Finlande, Frenckell s'opposa à la participation d'Antti Kokkoluoto à la compétition. Innocent ou pas, son cas susciterait à n'en pas douter sur la scène internationale des remous qui écorneraient l'image du pays hôte. Antti ne put que s'incliner. Heureux de cet accord à l'amiable, Frenckell lui remit un bon paquet de tickets d'entrée qui lui permettraient d'assister aux épreuves dans les tribunes, avec toute sa famille, de l'ouverture à la clôture de l'événement. Afin de sceller leur entente, Frenckell invita également Antti à dîner au parc d'attractions de Linnanmäki, où on leur servit un somptueux repas. Ils s'essayèrent aussi à tirer sur les naïades payées pour se prélasser vêtues de maillots de bain affriolants, à l'instar de ce qui se faisait à l'étranger, sur des plates-formes placées au-dessus d'une piscine. Quand le joueur touchait sa cible, la pin-up basculait en hurlant dans l'eau. Frenckell, plutôt éméché, ne mit pas une seule fois dans le mille, mais Antti fit plonger d'une main sûre toutes les baigneuses qui minaudaient sur les planches. Suoma mit fin à la folle soirée au parc d'attractions en prenant son mari par le bras pour le ramener à leur hôtel. Resté seul, Frenckell raccompagna chez elles les naïades tombées d'innombrables fois dans la piscine. Le galant homme y passa toute la nuit.

24

La mort de Linnea Lindeman

À l'hiver 1956, Linnea Lindeman renonça à exercer son métier d'accoucheuse. Elle se trouvait trop vieille pour continuer de jouer la « sage-femme marronne », comme elle se surnommait parfois elle-même. Rien d'étonnant à cela, car elle avait fêté ses quatre-vingt-six ans à l'automne. La cessation de ses activités avait cependant un autre motif, plus grave. Les autorités sanitaires avaient diligenté une inspection de sa maisonnette et lui avaient formellement interdit de poursuivre son exercice illégal de la médecine. Si elle n'abandonnait pas sa pratique d'obstétricienne autoproclamée, elle serait poursuivie en justice et condamnée à une lourde amende. Linnea était restée stupéfaite. Comment pouvait-on prétendre la priver du droit d'exercer des compétences qu'elle avait acquises seule, au moyen de son intelligence, de son savoir-faire et de son expérience, au service d'une œuvre salutaire à laquelle elle se vouait depuis la fin du siècle dernier ? Les inspecteurs répliquèrent qu'il n'y avait pas lieu de tourner une affaire sérieuse en plaisanterie grotesque. Il y avait pour l'heure en Finlande bien assez de sages-femmes et d'obstétriciens diplômés. La maternité de l'hôpital municipal de Kokkola elle-même s'était dotée d'un nouveau directeur, le docteur Seppo Sorjonen, un jeune médecin talentueux et dévoué à son métier. L'époque des charlatans était définitivement révolue.

« Je vais faire un dernier accouchement », déclara Linnea d'un ton décidé aux fonctionnaires qui quittaient sa maison en secouant la tête. Quelle tête de mule ! Une forte femme, qui, en soixante ans, avait paraît-il aidé à mettre au monde plus de cinq cents enfants. Si elle avait eu un diplôme de sage-femme ou d'obstétricienne, on lui aurait décerné une médaille d'honneur.

Ce dernier accouchement eut lieu en janvier 1956, alors même que l'Union soviétique rendait à la Finlande la base navale de Porkkala. La parturiente était Suoma Kokkoluoto, qui, avec l'assistance de Linnea, donnait là le jour à son septième enfant. Elle aurait très bien pu aller à la maternité de l'hôpital municipal de Kokkola, sous les bons auspices du docteur Sorjonen, mais elle n'avait guère confiance dans les médecins et les sages-femmes modernes. Elle avait mis au monde tous ses enfants avec l'aide de la devineresse. Elles étaient devenues amies, au fil du temps, et maintenant que Suoma avait dépassé la trentaine, elle tenait à être assistée par une matrone expérimentée, et qu'elle connaissait bien. À son âge, les complications n'étaient pas rares, elle le savait, et c'était aussi pour cela que l'accoucheuse devait être compétente. Suoma avait décidé que ce septième enfant serait le dernier qu'Antti et elle auraient. Ce serait aussi le dernier de la longue carrière de Linnea.

Le moment venu, Suoma Kokkoluoto s'installa bien à l'avance chez Linnea. La famille n'était plus sous-locataire d'une simple chambre. Antti avait acheté à Ykspihlaja, en bordure du bassin de Potti, une jolie villa à lambrequins en bois découpé. Son père, Tuomas, avait garanti l'emprunt et contribué financièrement à l'acquisition. Avec ses deux étages, la maison était largement assez grande pour une famille nombreuse. Grâce aux revenus de sa société d'arrimage, Antti avait pu embaucher une bonne et acheter une nouvelle voiture, une spacieuse Volga de fabrication russe. La Studebaker était certes encore en état de marche, mais elle était totalement dépassée sur le plan technique : non seulement les vitesses, non synchronisées, étaient dures à passer, les ressorts grinçaient et le rayon de braquage était énorme, mais elle était aussi pour le reste malcommode à conduire et consommait autant de carburant, sinon plus, que deux Volga.

Linnea et Suoma décidèrent de faire de la naissance du bébé un événement plus solennel qu'à l'ordinaire. Il y avait de quoi, puisque l'enfant qui s'annonçait était le septième et dernier de la future mère et marquerait la fin de la longue et féconde carrière de l'accoucheuse. Hanna contribua aux préparatifs de la fête en confectionnant pour les deux femmes un superbe gâteau. On dénicha aussi pour l'occasion, dans les inépuisables réserves de Tuomas, un authentique bidon d'alcool de contrebande. Convenablement dilué, il y en avait assez pour festoyer une année entière. Pour cette fois, on en versa un litre dans une carafe et l'on rendit le reste au généreux donateur, avec de chaleureux remerciements.

Antti apporta à Linnea des canards sauvages prêts à être cuisinés qu'il avait tués à la chasse, plumés, vidés et fait faisander. Il coupa aussi du bois de chauffage sec pour plusieurs semaines et en remplit les coffres à bûches de la maison. On coula en outre deux douzaines de bougies, roses et bleues. Suoma aurait aimé que le futur bébé soit une fille, un enfant aux bougies roses, mais le bleu lui allait aussi très bien.

« Pourvu qu'il soit bien portant, soupira-t-elle.

— Il l'est », assura Linnea.

La belle-mère, le beau-père et le mari de Suoma s'occupèrent de ses six enfants pendant qu'elle se préparait avec Linnea à cet accouchement mémorable. Tout se passa à merveille. Le nouveau-né était une fille, comme on l'avait espéré. Linnea et Suoma célébrèrent leur succès pendant deux jours et près de deux nuits. Quand la fête fut finie, elles étaient toutes deux si fatiguées qu'elles dormirent vingt-quatre heures. Elles firent de beaux rêves, heureux et nostalgiques, maintenant qu'elles en avaient terminé avec les accouchements.

Cet hiver-là, la baie de Botnie gela d'une rive à l'autre. Linnea demanda malgré tout à Antti de l'accompagner sur la banquise. Elle expliqua qu'elle était trop vieille et trop fatiguée pour pousser seule sur la glace sa lourde chaloupe phoquière. Mais elle voulait voir une dernière fois la mer et dire adieu aux phoques qu'elle avait tant chassés tout au long de sa vie.

Antti s'équipa pour l'expédition d'épaisses couvertures de fourrure, de roboratifs sandwiches et d'une petite flasque d'alcool prélevée dans les réserves de son père. Puis il passa prendre la voyante chez elle dans sa nouvelle Volga, la conduisit au port et l'aida à monter dans sa barque. Il enveloppa sa vieille amie de chaudes couvertures et de douillettes peaux de phoque.

Il était midi, le continent baignait dans la brume. Quand ils eurent dépassé l'îlot de Nälkäkari, le brouillard se déchira au-dessus de la mer gelée, laissant apparaître l'immense disque doré du soleil hivernal. Antti poussait la chaloupe, qui glissait facilement sur la glace dont les tempêtes avaient balayé la neige. Linnea, sur le banc de poupe, sortit son thermos de café, dont elle offrit une tasse à son assistant. Ils accompagnèrent la boisson chaude de quelques gorgées d'alcool. Linnea fredonnait, heureuse. Elle aimait ce paysage familier, cette banquise paisible et silencieuse.

Soudain, un hurlement caverneux retentit au loin. Le bruit, né à plusieurs kilomètres de distance, se rapprocha, enfla en un puissant grondement et passa à quelques dizaines de mètres à peine de la barque avant de s'éloigner à la vitesse de l'éclair pour s'éteindre à l'horizon, laissant derrière lui une crevasse en dents de scie. Les bords de la fissure, d'abord large d'à peine quelques centimètres, s'écartèrent bientôt de plusieurs mètres, et la chaloupe phoquière glissa vers les flots tel un majestueux oiseau de mer. Antti sauta à bord et poussa l'embarcation à la perche jusqu'à l'eau libre. Le moment était venu de déjeuner.

Une heure plus tard, la crevasse mesurait déjà plusieurs centaines de mètres de large. Elle serpentait dans la banquise tel un fleuve alangui aux rives déchiquetées. Au bruit,

Linnea évaluait la longueur du chenal à vingt milles au moins.

Antti prit les rames pour longer la glace, du côté du continent, jusqu'en pleine mer. De nombreux phoques jouaient dans les vagues. Linnea, riant de bonheur, les regarda se pourchasser. Jamais elle ne les avait vus aussi confiants. Auraient-ils senti qu'elle n'était pas là pour les tuer, cette fois ? Peut-être faisaient-ils juste la sarabande parce qu'ils n'avaient pas eu depuis longtemps l'occasion de s'ébattre en eau libre. Ils en avaient fini de vivre dans l'obscurité sous la glace et de devoir percer des trous pour respirer.

« Adieu, les amis », leur dit tendrement Linnea.

Les journées d'hiver sont courtes. Antti mena la barque aussi près du continent que l'eau libre le permettait. Sa voiture n'était plus qu'à une centaine de mètres. Avec l'âge, Linnea s'était faite si maigre et si fragile qu'il la porta sans effort sur son dos. Son camarade blessé, Aaretti, avait jadis pesé deux fois plus lourd. Dans la maisonnette de la voyante, ils allumèrent une bonne flambée dans la cheminée et burent ce qui restait d'alcool.

Quelques jours plus tard, Linnea fit demander à Antti s'il avait encore le temps de passer la voir. Elle avait eu une dernière vision, nouvelle et rassurante, à propos de sa vie et de sa mort lointaine.

Linnea était couchée dans son lit au coin de la cheminée, les paupières closes. Elle était déjà très faible, mais elle reconnut le pas de l'arrivant.

« Viens t'asseoir là, dit-elle d'une voix presque inaudible.

Maintenant que je vais mourir, tu dois savoir quel jour tu mourras toi aussi. »

La vieille devineresse, accoucheuse et chasseuse de phoques rappela à Antti que son heure sonnerait le 12 juillet 1990.

« Tu partiras dans l'après-midi, mais je ne saurais pas te dire à quel instant précis. »

Sur son lit de mort, elle expliqua l'avoir vu dans son élégante villa d'Ykspihlaja, présidant à une fête. Dans le jardin se pressait une foule d'invités prestigieux. Une belle réception à l'ancienne, donnée par un homme riche, en plein milieu de laquelle Antti, au moment de lever son verre, assis au haut bout de la table de banquet, roulerait mort sur la pelouse. On le conduirait à la morgue dans la Studebaker.

Ayant annoncé cela, Linnea poussa pour la dernière fois un léger soupir, cligna de l'œil et mourut.

25

Hanna et Urho

Dans les années cinquante, Antti Kokkoluoto jouissait déjà à Ykspihlaja d'une situation si bien établie que, quand des négociations s'engagèrent sur les salaires des ouvriers, il se trouva dans le camp des patrons et non plus des dockers comme dans sa jeunesse. C'était un homme mûr, et il avait de l'argent. Au printemps 1956, son entreprise employait cinquante hommes. Des durs à cuire. Ils avaient fondé leur propre section syndicale, à laquelle ils avaient invité leur employeur à adhérer en tant que membre associé.

Les négociations menées en 1956 entre les syndicats et le patronat sur les salaires et autres conditions de travail n'aboutirent à rien. Les paysans, dont l'inflation avait grignoté les revenus, entamèrent sur ces entrefaites une grève des approvisionnements. Les villes se trouvèrent privées de lait et de beurre. Les ouvriers qui faisaient planer depuis longtemps la menace d'une grève générale ne pouvaient plus, au pied au mur, reculer. Le mouvement s'enclencha début mars et dura un temps record, trois longues et houleuses semaines qui marquèrent aussi les débuts d'Urho Kekkonen à la présidence de la République.

À Helsinki, les grévistes tinrent des meetings enfiévrés que la police montée fut chargée de disperser. Des agents furent jetés à terre du dos de leurs chevaux et l'on en vint aux poings. Les violences en restèrent heureusement là. À Ykspihlaja, les patrons trouvèrent des briseurs de grève pour travailler au chargement des navires. Les employés des Arrimeurs associés Antti Kokkoluoto & Cie se croisaient eux aussi les bras. La situation était critique. Le fossé se creusa entre les dockers et leur patron et celui-ci démissionna même de leur syndicat. Les grévistes menacèrent les jaunes de sévères représailles s'ils ne déguerpissaient pas du port. Afin de barrer la route aux camions-citernes venus chercher du carburant livré par bateau, un wagon de chemin de fer fut poussé sur le passage à niveau. Des deux côtés, les nerfs étaient tendus et les passions exacerbées.

Les policiers chargés du maintien de l'ordre tentaient de rester neutres. Leur position était délicate. Ils devaient faire respecter la loi : tout citoyen — jaune ou pas — avait le droit de se rendre à Ykspihlaja. Mais ils connaissaient les grévistes, ils étaient voisins et entretenaient en temps normal de bonnes relations. Les agents de la force publique regardaient donc distraitement ailleurs pendant que l'on agitait sous le nez des briseurs de grève de grandes oreilles d'âne découpées dans du carton destinées à leur faire comprendre qu'ils agissaient à rebours de leurs propres intérêts. Quelqu'un eut même l'idée de leur envoyer une botte de foin par la poste.

Pendant ces trois semaines, tout Ykspihlaja se mobilisa. Il y avait des centaines de gens dans les rues et l'excitation était à son comble. Une cinquantaine de femmes s'affairaient à tour de rôle dans la cuisine de la Maison du peuple afin de préparer la soupe pour les grévistes. Il s'agissait de montrer enfin aux bourgeois de ce pays que le prolétariat méritait des salaires et des horaires de travail décents. La barbarie de la guerre civile n'était plus à l'ordre du jour. À l'époque, les blancs avaient rassemblé à Kokkola sept cents prisonniers rouges venus d'Ostrobotnie centrale, de Finlande centrale, de Laponie et même, pour beaucoup, de Turku. Les miliciens en avaient exécuté près d'une centaine, parmi lesquels plus d'une dizaine de bolcheviks locaux. Il n'y avait pas eu de procès. Juste une balle dans la tête. Les corps avaient été enterrés à dix kilomètres de là dans le sable de la colline d'Ås, du côté des tourbières de Kruunupyy. Du temps du Mouvement de Lapua, personne n'osait non plus faire grève car les fascistes enlevaient les ouvriers pour les emmener de nuit jusqu'à la frontière russe et les expulser de leur patrie vers le prétendu paradis du prolétariat. C'était aussi le sort que l'on avait tenté de faire subir à Tuomas et à Antti Kokkoluoto.

Le moment était venu d'obtenir de nouveaux droits. L'avenir de la Finlande était en jeu. Si les patrons ne cédaient pas, la grève se poursuivrait plusieurs mois. Le pays entier ferait faillite. Les bourgeois seraient réduits à la même misère que la classe ouvrière.

Au cours de la troisième semaine de grève, Hanna Kokkoluoto prit à l'improviste la parole à la Maison du peuple.

Elle retraça l'histoire des mouvements sociaux d'Ykspihlaja. En 1905, les dockers et les ouvriers des usines avaient participé avec enthousiasme à la grande grève menée afin d'exiger non seulement l'amélioration des conditions de vie du prolétariat, mais aussi de la nation tout entière. À la fin de 1917, les villageois avaient participé à une autre grande grève, dont les suites avaient précipité la guerre civile. Dans les années trente, enfin, des manifestations spontanées et des émeutes avaient secoué Ykspihlaja.

« Nous devons aujourd'hui tenter de calmer les esprits et d'influer sur le patronat local aussi bien que national afin de mettre fin à la grève. »

Hanna déclara que les dirigeants ouvriers devaient prendre conscience de leurs responsabilités, engager des négociations et annoncer la reprise du travail.

« Mais pas à n'importe quel prix. Nous ne devons pas avoir mené en vain une lutte aussi longue et difficile. Le combat doit se poursuivre jusqu'à ce que l'adversaire comprenne qu'il doit faire des concessions, dans son propre intérêt. »

Jamais auparavant l'ancienne institutrice n'avait aussi activement participé à la vie politique, mais maintenant que les dockers de l'entreprise de son fils étaient en grève, elle jugeait de son devoir d'intervenir.

Peu de temps après ce discours, il commença à se murmurer que la mère d'Antti était, à Ykspihlaja, l'une des meneuses de la grève générale. Elle était d'une si fabuleuse beauté qu'en la voyant les syndicats et les messieurs de Helsinki se réconcilieraient aussitôt. Quelqu'un suggéra que l'on fasse une collecte afin de lui permettre d'aller tous les jours se faire friser les cheveux chez le coiffeur, et qu'on fasse venir pour elle d'Umeå de coûteux fards et parfums étrangers.

C'en était trop pour Hanna. Elle fit part à Suoma de son intention d'aller se reposer en Suède, à Skellefteå. Sa belle-fille lui suggéra de prendre plutôt la Studebaker pour se rendre à Kajaani. Antti et Tuomas pourraient s'occuper des enfants pendant qu'elles séjourneraient ensemble dans le Kainuu.

En cette fin des années cinquante, les villes de Kokkola et de Kajaani étaient déjà reliées par un véritable axe de circulation. La route était étroite, mais, comme elle traversait une région de plaines, elle était droite et rapide. Du fait de la grève générale, il n'y avait pratiquement aucun trafic et Hanna Kokkoluoto, au volant de la vieille berline de luxe, ne put résister au plaisir de rouler pied au plancher au milieu de la chaussée. Suoma, terrifiée par la vitesse, jeta un coup d'œil au compteur. Il indiquait à peine cent à l'heure.

« Ce sont des miles, on roule au moins à cent cinquante. »

Les deux femmes prirent le café à Nivala avant de poursuivre leur route vers Kärsämäki et Kajaani. Au sud du lac Oulujärvi, dans la commune de Vuolijoki, une mine avait été ouverte à Otanmäki, où l'on avait découvert du fer. Suoma apprit à Hanna qu'Urho Kekkonen, qui venait d'être élu président de la République, possédait une ferme à proximité. Elle le savait car son père, Reino Oinonen, avait travaillé à la rénovation des bâtiments.

« Tu te rends compte ! Papa est copain avec lui ! »

Hanna n'arrivait pas à comprendre pourquoi un politicien qui avait été cinq fois premier ministre aurait voulu devenir agriculteur à Vuolijoki. Quel intérêt ?

Suoma avoua qu'elle se passionnait depuis son adolescence pour la vie du grand homme et qu'elle avait bombardé son père de questions. Kekkonen avait été l'un des dirigeants du Parti agrarien et comptait donc sur le soutien des paysans. C'était pour cela qu'il avait acheté cette propriété de Vuolijoki, non loin de Kajaani.

« C'est vrai qu'il est originaire du Kainuu », glissa Hanna. Il était clair que pour se donner des airs de paysan, mieux valait posséder une ferme, ne serait-ce que pour ses vacances, et de préférence dans la région.

Dans son enfance, Suoma découpait dans les journaux des photos de Kekkonen qu'elle punaisait dans les toilettes au fond du jardin ou collait, pour les meilleures, dans son journal intime, alors que la plupart de ses amies collectionnaient des portraits d'altesses royales ou de reines de beauté. Elle le trouvait bel homme, malgré sa calvitie, et avait pour lui un faible qu'elle avait cependant eu assez de jugeote pour garder secret. Au cours de la récente campagne présidentielle, les journaux avaient répandu des horreurs sur son compte. Suoma sortit de son sac à main quelques coupures de presse ordurières qu'elle avait emportées pour les montrer à ses parents.

L'épouse d'Urho Kekkonen, Sylvi, ne se plaisait pas à Vuolijoki. Cette petite femme frêle n'était pas faite pour vivre dans une ferme, mais elle avait dû se plier à la volonté de son mari. Elle avait même essayé de s'occuper des vaches, sans succès. Un taureau l'avait coincée contre le mur de l'étable et elle n'était qu'à grand-peine parvenue à s'enfuir. Le peu de lait qu'elle avait réussi à traire dans son seau s'était répandu sur le sol. Elle avait pleuré toutes les larmes de son corps et, pour finir, Urho avait acheté un appartement à Helsinki.

Avant les élections, les adversaires du futur président avaient mené une campagne particulièrement odieuse. Avant d'arriver à Kajaani, Suoma lut à sa belle-mère quelques extraits d'un journal qui portait bien son nom, *Le Sensationnel.* Ce torchon s'étendait complaisamment sur une bagarre entre Kekkonen et l'un de ses amis, au bar de l'hôtel *Kämp*. Le motif de la querelle restait un mystère. Tous deux étaient ivres et ils en étaient venus aux poings. Cela s'était su, les deux hommes étaient fâchés depuis. Il avait été facile, en pleine bataille électorale, de monter en épingle une empoignade somme toute banale. Les propagandistes de l'adversaire conservateur avaient répandu avec délectation le bruit qu'Urho Kekkonen était connu pour être « un ivrogne bagarreur », « un arriviste forcené » et un « politicard inculte ». Même la discrète et raffinée Sylvi avait eu droit à sa part de calomnies. Elle avait été traitée d'« affidée mondialement connue du Parti communiste ».

Le Sensationnel se vautrait dans la boue du scandale. Suoma lut à Hanna quelques-uns de ses titres : « Kekkonen fidèle client du bordel fréquenté par les ministres à Meilahti », « Les aventures amoureuses de Kekkonen créent des troubles de voisinage », « Kekkonen arrêté en état d'ébriété avancée dans un grand hôtel suédois». À l'occasion de l'enterrement du premier ministre danois, il s'était écroulé ivre mort, toujours d'après la même feuille de chou, et il avait dansé *La Mort du cygne* après une réception chez le président de l'Union soviétique. Comme si cela ne suffisait pas, il avait paraît-il traîné par ses boucles d'oreilles une femme de mauvaise vie — dans quel but, ce journal de caniveau laissait à ses lecteurs le soin de le deviner.

Suoma était outrée de ces accusations diffamatoires et infondées. Hanna fit remarquer que Kekkonen avait quand même bien dû se battre avec son ami, au *Kämp*.

« C'est possible, mais les hommes finlandais se bagarrent tous dès qu'ils ont bu, pourquoi ferait-il exception ? »

Hanna répliqua que le beau-père de Suoma, Tuomas Kokkoluoto, n'était pas un querelleur, à l'inverse de Kekkonen, mais un homme tranquille, en plus de ses nombreuses autres qualités. Après avoir réfléchi un instant, elle admit qu'il avait malgré tout trafiqué de d'alcool et même séjourné en prison.

«Antti aussi, on me l'a raconté mille fois. Les hommes sont comme ça», conclut Suoma.

On arrivait à Kajaani. Pour aller à Teppana, la conductrice, suivant les indications de sa belle-fille, prit par le pont qui enjambait les ruines du château fort. La vue était magnifique. Hanna songea qu'elle n'aurait pas détesté vivre là, même si Ykspihlaja avait ses avantages. À commencer par la mer et par les vastes horizons de la côte.

La mère de Suoma, Lilja, était dans tous ses états. S'arrachant les cheveux, elle expliqua qu'à peine élu, Kekkonen avait décidé de venir en visite surprise à Kajaani ! Sous prétexte de skier et de se reposer des fatigues de la bataille électorale. Le chauve avait même prié l'entrepreneur en bâtiments Reino Oinonen de se joindre à la randonnée prévue. Cet ahuri s'était bien sûr précipité, trop content de pouvoir partager le bivouac de gros pontes.

Lilja craignait que Kekkonen s'invite chez eux en revenant de son excursion à ski au fin fond des forêts et qu'il faille le nourrir, chauffer le sauna et Dieu sait quoi encore. Elle le connaissait, depuis cette histoire de ferme à Vuolijoki. Il était impossible.

« Qu'est-ce que je vais me mettre et qu'est-ce qu'on va lui donner à manger ? »

Suoma tenta de calmer sa mère, en pleine crise d'hystérie. Elle promit de l'aider, avec Hanna. Elles avaient deux jours devant elles, peut-être même plus. Suoma était au courant depuis l'enfance des habitudes de Kekkonen. Quand il partait skier, c'était pour un bon bout de temps, la randonnée durerait plusieurs jours, voire une semaine entière.

Hanna et Suoma prirent les choses en main. Il fallait confectionner des petits pains aux raisins et un gros gâteau à la crème. Trouver du fromage grillé du Kainuu et cuire des galettes d'orge. Acheter une bouteille de cognac chez le marchand de spiritueux. Cuisiner différents ragoûts au cas où Kekkonen dormirait là et réclamerait plusieurs repas. Faire le ménage et préparer pour le nouveau président le lit de la chambre d'amis. Pelleter la neige des allées du jardin et porter de l'eau et du bois dans le sauna, dont Hanna lava les gradins avec une brosse en chiendent. Les trois femmes revêtirent des vêtements d'intérieur propres et se frisèrent les cheveux. Il ne restait plus qu'à attendre Kekkonen.

Il arriva le lendemain à la tombée du soir avec l'entrepreneur en bâtiments Reino Oinonen. Les deux hommes se vantèrent d'avoir parcouru au total cent seize kilomètres, en compagnie d'une suite si nombreuse qu'elle s'étirait en un long chapelet dans les forêts du Kainuu. Reino fit remarquer que le président était le skieur le plus rapide de la troupe, jamais on n'aurait cru qu'il avait passé ces vingt dernières années à travailler dans un bureau. Il fallait cependant avouer qu'un lieutenant-colonel des gardes-frontières avait envoyé ses hommes tracer d'avance une piste dans la poudreuse.

Hanna s'empressa d'offrir aux sportifs un verre de cognac. Kekkonen ôta son anorak et alla attendre dans sa chambre qu'on lui serve le café. Reino se chargea de mettre le sauna à chauffer. Hanna avait noué un foulard de soie sur ses cheveux et un tablier appartenant à Lilja autour de sa taille. La maîtresse de maison et sa fille disposèrent sur un plateau des biscuits, du gâteau et du café, puis s'occupèrent de préparer le dîner. Hanna prit le plateau pour le porter à l'illustre invité. De la chambre d'amis s'échappèrent d'abord des bribes de conversation tranquille, quelques rires, puis un étrange charivari. Cela dura un certain temps.

Hanna ressortit en courant, les cheveux en désordre et le rouge aux joues. Les rubans de son tablier s'étaient défaits, Dieu sait comment. Il lui fallut un moment pour reprendre ses esprits et expliquer qu'elle avait malencontreusement cassé le pichet de crème.

Plus tard dans la soirée, alors que les hommes étaient au sauna, Suoma remarqua que le cruchon était intact.

26

Sur les pas d'Otto Wille Kuusinen

Au cimetière, Hanna Kokkoluoto rendit hommage à Linnea Lindeman.

« De son vivant, elle était méprisée et ses activités critiquées. Les autorités ont même été incitées à la harceler. Mais aujourd'hui que cette femme courageuse et secourable repose dans son cercueil, plus de trois cents personnes sont venues l'accompagner ici au cimetière Sainte-Marie. »

Hanna prédit qu'aucun autre défunt d'Ykspihlaja ne parviendrait jamais à déplacer une telle foule. Sur ce point, elle se trompait pourtant. Son mari Tuomas et elle-même rassembleraient à leurs enterrements respectifs des cortèges encore plus nombreux.

La vie de Suoma et d'Antti se poursuivit sans bouleversements majeurs. Le patron des Arrimeurs associés Antti Kokkoluoto & Cie était particulièrement apprécié de ses équipes de dockers. Malgré son statut de chef d'entreprise, il fut élu à des postes de responsabilité des sections locales du mouvement syndical et du Parti social-démocrate. Lorsque ce dernier tint congrès à la fin des années soixante à Turku — fief de son président, le jovial Rafael Paasio, qui était alors aussi premier ministre —, Antti fit partie de la délégation d'Ostrobotnie centrale. Le but principal de la réunion était d'élire un nouveau secrétaire général. Le favori était un politicien brillant, Pekka Korvenheimo, pour lequel Antti était prêt à voter. Il se situait au centre de l'échiquier du parti, mais certains, d'après les bruits de couloir, lui reprochaient d'être trop à droite. Paasio créa cependant la surprise en proposant comme secrétaire général un complet inconnu, Kalevi Sorsa. Ce dernier travaillait à l'Unesco, à Paris, et n'avait aucun contact avec la base. Il fut pourtant élu. Il n'était pas question, même pour Antti Kokkoluoto, de contester l'autorité de Paasio.

Les enfants de Suoma et d'Antti, en parvenant à l'âge adulte, se mirent à disserter sur les problèmes de la planète comme s'ils les touchaient directement et personnellement. L'avant-avant-dernière, Liisa, se mit ainsi en tête de sortir avec un Noir africain.

Ce n'était certes pas la première fois qu'on voyait un nègre à Ykspihlaja. Ils étaient depuis toujours nombreux à travailler dans les soutes à charbon des navires marchands de pays lointains. Mais de là à vouloir en faire entrer un dans la famille… Antti n'arrivait pas à s'y faire. Liisa commença par se fiancer tête baissée avec son Saquirf, l'épousa, le suivit en Mauritanie et en revint quelques années plus tard avec un loupiot aux cheveux crépus. Fin du mariage. Le gosse était indiscutablement mignon, et il apprit vite à parler finnois.

Le benjamin de Suoma et d'Antti, Teemu, était encore

plus fou. Tout jeune, il avait adhéré à la Ligue lycéenne et fait en train le voyage de la capitale pour y clamer avec enthousiasme que ce mouvement était l'université du futur. Son baccalauréat en poche, il s'était inscrit à l'École supérieure des sciences sociales de Tampere, où il s'était mis à fréquenter les milieux d'extrême gauche, défilant dans les rues de la ville en agitant des drapeaux rouges. Le but était de convaincre le pays de modifier sans tarder son régime antidémocratique.

Teemu était infatigable. Il participait à d'innombrables réunions politiques, distribuait des tracts et collait des affiches, vendait le journal stalinien *Tiedonantaja*, recueillait des signatures au bas de toutes sortes de pétitions comminatoires, encaissait les cotisations de l'offensif Mouvement pour la paix, quêtait en faveur de la construction d'un hôpital pour enfants au Viêt Nam. Il ne cessait de voyager et de prononcer des discours. En plus de tout le reste, il animait un cercle d'études d'inspiration marxiste-léniniste. C'était un citoyen informé qui voyait dans le communisme international la réponse aux plus terribles maux de l'humanité. Un idéaliste convaincu.

En visite à Ykspihlaja, Teemu se déclara une fois de plus partisan de la dialectique marxiste-léniniste et prêt à sacrifier sa vie pour la justice sociale. Il se lança devant sa famille dans un grand discours sur la révolution culturelle et la solidarité entre les peuples. Tout Finlandais avait le devoir moral de s'éveiller à la conscience de classe. Il fallait empêcher les laquais de l'impérialisme de contaminer les forces saines de la nation. Teemu se targua d'appartenir à l'avant-garde de la classe ouvrière, capable de recourir à une légitime violence si les exploiteurs capitalistes ne comprenaient pas à moins. Place au principe un homme, une voix !

Les Kokkoluoto étaient comme souvent assis dans le jardin de la villa de Suoma et d'Antti à prendre le café, servi avec de la brioche, du pain surprise et surtout des galettes d'orge du Kainuu que la maîtresse de maison confectionnait volontiers. Teemu y fit honneur, mais ne put s'empêcher de faire remarquer qu'au même moment, dans la lointaine Afrique, des gens mouraient de faim. Bientôt les peuples du continent noir s'éveilleraient et feraient payer aux colonisateurs le prix de leur esclavagisme. Teemu avait honte d'être le petit-fils et le fils de Tuomas et d'Antti Kokkoluoto. Sa conscience de la misère du prolétariat opprimé et ses liens étroits avec l'Union soviétique lui avaient enseigné des principes plus égalitaires que ceux de cette famille réactionnaire et surtout de son grand-père.

Teemu prophétisa qu'il ne faudrait pas plus de quelques années pour que le principal oppresseur de la planète, le gouvernement des États-Unis, finisse en compagnie du capitalisme dans les poubelles sans fond de l'histoire. En URSS, la richesse commune était partagée entre les citoyens selon leurs besoins et non selon leur capacité de travail. La production de biens de consommation de la grande puissance de l'Est dépasserait celle de sa rivale de l'Ouest d'ici six, sept ans au plus tard. Dans l'industrie lourde, c'était déjà fait et ce n'étaient pas les énormes navires de guerre américains qui inverseraient la tendance.

Antti Kokkoluoto grogna que l'Armée rouge avait en

effet plus de chars d'assaut lourds qu'aucun autre État au monde. Il en avait personnellement fait l'expérience. On n'en venait pas à bout en brandissant un gourdin. Il avait fallu un millier d'héroïques chevaux finlandais, chaque nuit, rien que pour ramener les morts auprès des leurs. Il connaissait bien le principe un homme, un cocktail Molotov. À la guerre, il ne suffit pas de crier pour aligner les macchabées.

Hanna tenta de raisonner son petit-fils, mais celui-ci la traita d'épigone de la bourgeoisie révisionniste, ajoutant qu'elle n'avait pas sa place dans ce monde. Elle avait jadis, selon lui, bourré le crâne de ses élèves de principes patriotiques étroits, sans comprendre que la Finlande n'avait pas pour ennemis l'URSS et le communisme, mais ses propres fascistes et capitalistes. Le vent du changement ne tarderait pas à balayer tout le système, et avec lui cette famille de contre-révolutionnaires.

Teemu assena à l'assistance que l'on ne pouvait pas lutter victorieusement au moyen d'attitudes d'un autre âge contre la force collective de la jeunesse. Son amour filial ne l'empêcherait pas d'accomplir la mission que lui dictait sans ambiguïté sa conscience de classe.

Tuomas Kokkoluoto écoutait son petit-fils avec une irritation qui ne fit qu'augmenter quand il osa clamer que de nombreuses cellules étudiantes politiquement éclairées dressaient depuis déjà longtemps la liste des réactionnaires imbéciles que l'on empêcherait définitivement de venir gâcher le nouvel avenir de la nation dès que la situation révolutionnaire s'y prêterait.

Excédé, Tuomas demanda si de tels assassinats étaient aussi prévus à Ykspihlaja. Teemu admit que tous les Kokkoluoto figuraient parmi les personnes à éliminer en Ostrobotnie. Il n'avait pas pour autant l'intention de tuer sa famille, même si ce n'étaient pas les circonstances aggravantes qui manquaient.

L'atmosphère se tendit. Oubliant toute prudence, Teemu s'en prit à son père, notant que sa captivité, pendant la guerre, en avait sûrement fait un *noske*. L'Allemand Gustav Noske (1868-1946) était un social-démocrate intolérant, haïssable et méprisable, qui n'avait eu de cesse de s'opposer aux sains idéaux communistes. Teemu était aussi au courant des activités de son père et de son grand-père au lendemain de la guerre. Tous deux avaient organisé un vaste réseau de caches d'armes que la Sécurité intérieure avait heureusement démantelé.

« Tais-toi donc un peu et mange tes galettes », ordonna Suoma. Hanna regarda son petit-fils comme s'il était un étrange et menaçant inconnu. Comment pouvait-il y avoir un crétin pareil dans la famille ? Les jeunes d'aujourd'hui avaient la cervelle farcie d'idioties. L'une avait épousé un nègre et l'autre portait Staline aux nues. Ses autres petits-enfants avaient heureusement des métiers sérieux et la tête sur les épaules.

Malgré son âge déjà respectable, Tuomas Kokkoluoto se leva de sa chaise et fonça sur son petit-fils. Il le saisit au collet, le traîna à l'écart de la table de jardin et lui flanqua un coup de poing dans l'estomac. Le garçon roula sur la pelouse, mais se remit d'un bond sur ses pieds et frappa son grand-père au visage. Le vieillard s'écroula à son tour dans l'herbe, d'où les femmes de la famille le relevèrent, la figure en sang.

« Sans rancune, mais l'avenir appartient à ceux qui marchent sur les pas d'Otto Wille Kuusinen ! »

Cette invocation des mânes du fondateur du Parti communiste finlandais fut brutalement interrompue par Antti, qui se rua tel un ouragan sur son fils, le maîtrisa en quelques prises, le jeta sur son épaule et le porta derrière le sauna, d'où parvinrent les bruits mats d'une pluie de coups. Cela dura longtemps.

C'est à ce moment qu'arriva pour prendre le café le directeur de la maternité de Kokkola, le docteur Seppo Sorjonen. Il était toujours le bienvenu à la villa des Kokkoluoto. On évitait en général, en sa présence, de s'étendre inutilement sur les activités d'accoucheuse de Linnea Lindeman. Le médecin se répandait en revanche en compliments sur les galettes d'orge du Kainuu de Suoma Kokkoluoto, à l'appel desquelles il avait du mal à résister. Cette fois, il put aussi se rendre utile en pansant le visage tuméfié de Teemu.

Tuomas Kokkoluoto et Seppo Sorjonen portèrent l'impudent tribun au premier étage de la villa afin qu'il s'y repose. Antti alla se laver les mains au sauna, but une gorgée de l'inépuisable alcool de contrebande de la famille dont les femmes lui avaient généreusement rempli son verre et laissa tomber :

« Il s'est bien défendu. On en fera un homme, quand il sera revenu à la raison. »

27

Relève de génération

Les activités commerciales de Tuomas Kokkoluoto se poursuivirent sans accroc jusque dans les années soixante-dix. Le marchand n'avait pas de dettes, ses finances étaient saines. Il avait dépassé les quatre-vingts ans, mais suivait toujours avec attention, de même que son épouse Hanna, les événements locaux et mondiaux. Aucun d'eux ne passait plus ses journées entières derrière le comptoir du magasin. Ils commençaient à se faire vieux.

Vers le milieu de la décennie, au début de l'hiver, la grippe contraignit Tuomas à garder la chambre. Alité là, il attrapa une pneumonie. Celle-ci l'emporta.

Hanna était un peu plus jeune que son mari, mais elle allait aussi sur ses quatre-vingts ans. Sa saisissante beauté s'était fanée, son visage ridé. Ses formes pleines n'étaient plus qu'un souvenir, mais c'était une charmante vieille dame, agréable à regarder et d'une conversation plaisante. Elle avait beaucoup à raconter sur le début du siècle. Sa mémoire ne souffrait d'aucune défaillance. On pariait, à Kokkola, qu'elle vivrait au moins centenaire. Ce ne fut pas le cas. Au printemps 1975, alors qu'elle était sortie en mer dans la vieille chaloupe phoquière de Linnea afin de poser des nasses au large d'Ykspihlaja, entre les rochers et les récifs de la côte, elle bascula par-dessus bord, un verveux dans les bras, et se noya. On retrouva son corps quelques jours plus tard. Ce fut Antti, qui avait pris les rames de l'une des barques parties draguer la zone, qui le sortit de l'eau.

Personne, dans la famille, n'était prêt à reprendre la boutique des Kokkoluoto, qui fut donc vendue. Le commerce était florissant et on en tira un bon prix. Les six enfants de Tuomas et de Hanna purent se partager un coquet héritage. Suoma et Antti récupérèrent de nombreux objets qui leur étaient chers, des meubles, le fusil à phoques, des tableaux et — trésor le plus précieux — la fidèle Studebaker. On sortit la voiture de la remise et on la remorqua jusqu'à leur villa. La grosse Volvo neuve par laquelle Antti avait remplacé son ancienne Volga lui céda sa place dans le garage. On tenta de faire démarrer la vieille berline à la manivelle, mais elle ne toussa même pas. Au bout de toutes ces années, la batterie était vide. Quand on l'eut changée, le moteur se mit à ronronner dès la seconde tentative. Incroyable ! L'antique voiture restée des dizaines d'années sur cales était aussi fringante que si elle avait roulé tous les jours.

On stocka dans la Studebaker les quatre derniers bidons d'alcool datant de la prohibition. Tuomas avait veillé sur ses réserves avec une étonnante constance. Antti estimait qu'elles dureraient jusqu'en juillet 1990.

Il calcula qu'il avait encore quinze ans à vivre. Il fit pour la première fois part à son épouse des détails de la prédiction de Linnea Lindeman. Suoma connaissait bien sûr la réputation de sorcière de l'accoucheuse, mais jamais elle n'aurait cru que son mari, qui était par ailleurs tout à fait sensé, puisse prendre pour argent comptant les sornettes de cette vieille renarde.

Antti fit remarquer qu'il avait testé des dizaines de fois sur le front la validité des présages de Linnea. Beaucoup de ses camarades étaient tombés au combat, mais lui avait survécu.

Il ajouta qu'il avait l'intention de donner une grande réception le jour de sa mort. Une somptueuse fête finale, un banquet d'adieu. Il lui restait même quarante litres d'alcool pour faire du punch. Ne manquait qu'un bol assez grand.

Antti fut désigné comme candidat aux élections législatives de 1975. Au début, il n'imaginait pas une seconde pouvoir l'emporter. Suoma, en revanche, ne doutait pas de son succès. Apprécié comme il l'était des ouvriers, il lui semblait impensable qu'il ne soit pas victorieux. Cette conviction faisait sourire son mari. Lors du dépouillement, il apparut cependant que 3 218 citoyens avaient voté pour lui. C'était assez pour être élu. Antti en fut heureux, en un sens, mais aussi ennuyé. Il allait devoir consacrer une grande partie de son temps au travail parlementaire. Son épouse serait obligée d'assumer la direction de la société d'arrimage pendant qu'il serait occupé à légiférer.

Peu de temps après, Suoma évoqua l'idée d'un voyage à l'étranger. Elle avait certes appris, bien que née à Kajaani, à aimer la mer et les semaines d'été passées dans l'archipel. Et la vie dans leur grande et belle villa à lambrequins en bois découpé était bien sûr merveilleuse. Mais enfin. Ils commençaient à se faire vieux, ils n'avaient plus d'enfants à charge. Ils pouvaient sans souci prendre de vraies vacances, comme tout le monde. Même sans beaucoup d'argent, on pouvait se rendre en autocar à Leningrad ou en charter à Majorque. Suoma trouvait frustrant d'écouter ses amies raconter leurs inoubliables séjours au soleil, sur les plages des mers bleues du Sud, sans jamais avoir pu elle-même y aller alors qu'elle était quand même l'épouse du riche propriétaire d'une société d'arrimage.

Antti refusa de se laisser tenter par une excursion en autocar à Leningrad.

« J'ai traversé cette ville à l'été 1944, ça m'a suffi. Mais les Baléares ne me déplairaient pas. »

Suoma se lança avec ardeur dans l'organisation du voyage. Il s'agissait de réunir un groupe d'adhérentes de la branche locale de l'Association pour l'économie familiale — les « Marthe » — et de membres de la Ligue des anciens combattants d'Ostrobotnie centrale, dont Antti faisait partie. La visite d'un pays étranger serait plus agréable entre amis.

« Ils peuvent bien se passer de toi une semaine, au parlement. »

Les efforts de Suoma portèrent leurs fruits. Quinze jours après ses coups de fil aux Marthe et aux vétérans, cinquante participants étaient inscrits. C'était d'ailleurs le maximum possible, on ne pouvait pas caser plus de monde dans un seul autocar pour les excursions sur place.

Les Marthe organisèrent pendant l'hiver des ventes

de charité et les anciens combattants, au printemps, travaillèrent à la réfection de toits de bardeaux. Ils rassemblèrent ainsi une belle somme d'argent, avec laquelle on put embaucher un guide. Suoma et plusieurs autres dames s'inscrivirent aux cours du soir de la Maison du peuple d'Ykspihlaja afin d'apprendre l'espagnol. Antti ne jugea pas utile d'en faire autant, ni d'ailleurs aucun autre vétéran. Il se plongea en revanche dans l'encyclopédie et étudia la carte de Majorque. À la réunion mensuelle des anciens combattants, il fit un exposé sur l'île ainsi que sur le sanglant passé de l'Espagne, qui, sur bien des points, rejoignait celui d'Ykspihlaja. Les ouvriers de ce lointain pays méditerranéen s'étaient révoltés dans les années trente. Ils avaient pris le pouvoir, mais les forces fascistes avaient fini par écraser les républicains. C'était aussi ce qui s'était produit en Finlande. La terreur blanche s'était durement abattue sur les habitants d'Ykspihlaja.

L'île de Majorque comptait un peu plus d'un demi-million d'habitants, pour une superficie proche de celle de l'Ostrobotnie centrale. Les spécialités culinaires locales portaient les noms d'*ensaimada* et de *sobrassada*. Antti était incapable de dire s'il s'agissait de viande ou de poisson. Il faudrait bien sûr y goûter.

L'un des vétérans signala que le makhorka russe venait de Majorque. D'où son nom.

En avril, enfin, les voyageurs montèrent dans l'autocar affrété pour les conduire d'Ykspihlaja au nouvel aéroport de Helsinki, à Vantaa. Ils éprouvaient une légère appréhension, mais l'alcool que les hommes avaient emporté pour la route et bu tout au long du trajet nocturne avait détendu l'atmosphère. Ils étaient heureusement aussi accompagnés de leur propre guide, l'universitaire Heljä Airaksinen, de Vaasa, une élégante jeune femme qui avait l'habitude des séjours à l'étranger et parlait couramment plusieurs langues.

Le charter de la compagnie Keihänen était un énorme quadrimoteur pouvant embarquer des centaines de passagers. Les Ostrobotniens se groupèrent à l'arrière de l'appareil, où l'on pouvait fumer. Les sièges étaient plutôt étroits, mais le service impeccable. On leur servit à manger et à boire. La matinée était belle et, au fil de la journée, le jet survola d'abord la mer jusqu'en Suède, puis le Danemark et l'Allemagne. Quelques heures après le départ, alors qu'il franchissait les Alpes, il se mit soudain à tanguer de manière effrayante. Mais bientôt il se stabilisa et se posa sur l'aéroport de Palma de Majorque. Les anciens combattants, et parmi eux le député Antti Kokkoluoto, étaient plutôt éméchés. Les Marthe leur en firent le reproche. Le groupe arriva finalement en plus ou moins bon ordre à l'hôtel, qui se trouvait près du centre. Un bel établissement de six étages. Heljä Airaksinen recommanda à ses ouailles de surveiller leur argent. Les Espagnols étaient courtois et raffinés, mais il y avait aussi hélas parmi eux des voleurs malhonnêtes aux méthodes bien rodées. Les vétérans ne devaient pas non plus se laisser tenter par les suggestions d'entremetteurs louches promettant de leur fournir des amours tarifées à bas prix.

Le lendemain matin, les vacanciers se réveillèrent tôt. Au petit déjeuner, ils furent informés du programme de la semaine. Le premier jour, on ferait le tour de la ville à pied. Palma était si petite que l'on n'avait pas besoin d'autocar pour la parcourir. Le lendemain et le surlendemain, ils pourraient se prélasser sur la plage, puis on visiterait quelques musées et l'on assisterait à une messe dans une église catholique. En fin de semaine viendrait le meilleur, un circuit d'une journée dans l'île. Heljä Airaksinen donna le numéro de sa chambre, précisant qu'on pouvait l'y trouver quotidiennement avant le déjeuner et, en cas de problème, à toute heure du jour et de la nuit.

Plusieurs des membres du groupe avaient déjà fait de nombreux séjours à l'étranger. En habitués, ils conseillèrent aux autres, comme moyen le plus efficace d'éviter la turista, de boire au réveil un verre de cognac. Ça tuait les bactéries intestinales et ouvrait agréablement l'appétit.

Tout le temps de la visite de la ville, les vacanciers restèrent sagement groupés autour de leur guide. Le temps était superbe, le soleil brillait, la nourriture était bonne. L'huile dans laquelle les poissons étaient frits avait malgré tout un goût étrange. Les plats de viande, en revanche, rappelaient la Finlande — hachis, boulettes et autres préparations. Le vin, surtout, était délicieux et bon marché.

À la fin de la semaine, tout le groupe se retrouva pour le circuit dans l'île. Une joyeuse atmosphère régnait dans l'autocar. Les femmes, qui avaient pris goût aux excellents vins espagnols, ne reprochaient plus aux hommes de s'enivrer. Tout en admirant le paysage, les voyageurs se mirent à chanter. Ils reprirent plusieurs fois en chœur *Le Pays des dix rivières*, hymne de l'Ostrobotnie du Nord. Suoma

Kokkoluoto leur enseigna *La Marche du Kainuu.* Antti se distingua en interprétant au micro, en version originale, *Le Chant des partisans russes.* Il l'avait appris en captivité.

Heljä Airaksinen fit un exposé sur l'histoire, les traditions populaires et la gastronomie majorquines. Les routes étaient étroites et sinueuses et les mœurs automobiles assez éloignées de celles de la Finlande. Les passagers tremblaient de peur tandis que leur véhicule, dans les virages, côtoyait le précipice. Devant eux roulait un autre autocar de tourisme dont le chauffeur semblait encore plus téméraire. Ce qui devait arriver arriva : quand surgit en sens inverse une charrette tirée par une mule, le bus fit une embardée et roula dans le ravin, chutant de quinze mètres au moins. Il resta couché sur le flanc, moteur fumant. Catastrophe !

Sans perdre une seconde, les Marthe et les anciens combattants finlandais se précipitèrent pour aider les victimes de l'accident, des vacanciers allemands. Ils forcèrent les portes de l'épave et en tirèrent les blessés. Il y avait dans les véhicules des trousses de premiers secours. Les Marthe pansèrent les plaies, les vétérans firent du bouche-à-bouche et fixèrent aux membres brisés des attelles fabriquées avec des ombrelles. Ils avaient fait la guerre et connaissaient la procédure à suivre. Ils allongèrent les malheureux les plus gravement atteints sur le sol de leur propre autocar et ordonnèrent au chauffeur de les conduire au plus proche hôpital. Les autres victimes furent installées le plus confortablement possible sur le bas-côté de la route. Heljä Airaksinen et Suoma Kokkoluoto, qui se débrouillaient en allemand, se chargèrent de les réconforter.

Trente minutes plus tard, on vit arriver trois ambulances. Au total, il y avait seize Allemands blessés, dont deux grièvement. L'autocar accidenté brûlait en pétaradant. Une fumée noire couvrait les environs. Sans aide, beaucoup des victimes seraient mortes brûlées vives ou vidées de leur sang.

Au bout de quelques heures, un nouvel autocar vint chercher les Finlandais sur le lieu du drame. Comme il faisait encore jour, ils poursuivirent leur visite de l'île. Ils n'avaient plus envie de chanter, mais buvaient du vin, la mine grave. Tous étaient conscients d'avoir sauvé des vies. Allemandes ou pas.

28

Un somptueux banquet mortuaire

Le siècle tirait à sa fin. Mikhaïl Gorbatchev avait été réélu secrétaire général du PCUS le 10 juillet 1990. L'URSS allait s'écrouler et la guerre froide prendre fin. Pour Antti Kokkoluoto, l'horloge de la vie indiquerait bientôt l'heure du départ.

Il avait eu une longue et sereine carrière politique. Ayant assis sa crédibilité en tant que député d'Ostrobotnie centrale, il avait été nommé en mai 1983 ministre du Travail du quatrième gouvernement de Kalevi Sorsa, issu d'une coalition de centre gauche, avec aux Affaires étrangères Paavo Väyrynen, à la Justice Christoffer Taxell et à l'Intérieur Matti Ahde, remplacé plus tard par Matti Luttinen puis Kaisa Raatikainen. Parmi ses collègues, Antti avait surtout apprécié le ministre des Finances, Ahti Pekkala, et celui de la Défense, Veikko Pihlajamäki, qu'il connaissait tous les deux depuis longtemps. La passation de pouvoirs avec son prédécesseur Urpo Leppänen s'était faite sans problème. Quant au ministre délégué au ministère des Finances,

Pekka Vennamo, c'était lui aussi un homme intègre et efficace, doté en outre d'un solide sens de l'humour.

Antti se rappelait avec un brin de nostalgie les femmes de l'équipe au pouvoir, Kaisa Raatikainen, bien sûr, mais aussi Eeva Kuuskoski et surtout Pirjo Ala-Kapee.

Au cours des trois ans qu'il avait passés au gouvernement, ce dernier avait fait du bon travail. Antti jugeait particulièrement importants les résultats obtenus sur le front de l'emploi. Il était également fier de la mise aux normes de l'aéroport de Kruunupyy, qui pouvait désormais accueillir les avions à réaction.

Le matin du jour de sa mort, Antti Kokkoluoto se réveilla frais et dispos après une bonne nuit de sommeil. Sa chère et tendre épouse, Suoma, avait eu le temps de lui préparer un appétissant petit déjeuner qu'elle lui servit exceptionnellement au lit. C'était le dernier jour de sa vie, après tout, déclara-t-elle en riant avant de lui effleurer la joue d'un baiser et de laisser le plateau sur la table de chevet. Il y avait deux petits pains frais, du saumon, différentes sortes de jambon, du thé et un dé à coudre d'alcool, pas plus, ainsi qu'un verre de jus d'orange pressé maison. Un repas simple mais délicieux. Après l'avoir savouré sans hâte, Antti alla prendre une douche chaude dans la salle de bains. Il se sentait plus en forme que jamais. Il avait même envie de chanter. Une légère inquiétude le taraudait pourtant : et si la prédiction de Linnea Lindeman se révélait fausse ? Mais il n'était que neuf heures, peut-être se mettrait-il à dépérir au fil de la journée pour rendre son dernier souffle avant le soir. Il l'attendait, en tout cas, avec des nerfs d'acier. Il ne voulait pas avoir organisé pour rien la plus grande fête de l'été d'Ykspihlaja. Il sentit son sang s'échauffer. Pourvu que tout se passe bien. Il restait confiant dans la prophétie plusieurs fois énoncée par la défunte devineresse. On était le mercredi 12 juillet. Jusque-là, le calendrier avait été respecté.

Le soleil brillait, il n'y avait pas un souffle de vent. On apercevait au loin, derrière les îles, quelques cheminées de bateau. Mouettes et sternes criaillaient comme toujours.

Les Kokkoluoto eurent fini de s'habiller vers dix heures. Antti avait revêtu un costume d'été clair, avec des souliers noirs à lacets, soigneusement cirés et surmontés de guêtres grises, un nœud papillon rouge et un chapeau de paille à large bord afin de se protéger du soleil de l'après-midi. Suoma s'était fait faire un long fourreau turquoise fendu haut sur la cuisse. Un vieux couple élégant.

Dans la matinée, le jardin s'anima. Antti avait confié le plus gros de l'organisation de la fête à l'Agence événementielle de Kokkola S.A. Des Marthe en costume folklorique d'Ostrobotnie centrale étaient chargées du service. Vingt gymnastes féminines du Sporting d'Ykspihlaja répétaient une dernière fois leur danse rythmique à l'arrière de la villa, sous la direction de leur entraîneuse Anja Auvinen. Antti, pensif, regardait leurs longues jambes fines par la fenêtre de sa chambre du premier. Il dut s'interrompre pour aller superviser les préparatifs du banquet. Les musiciens de l'Harmonie du peuple d'Ykspihlaja sortaient leurs instruments d'une camionnette. Dans les années trente, les souflants de la fanfare avaient été emprisonnés et leurs cuivres confisqués. La paix était maintenant durablement revenue et il ne serait venu à l'esprit de personne de s'en prendre à l'orchestre ouvrier.

On tira la bonne vieille Studebaker du garage et on la parqua dans l'allée, prête à partir pour la morgue. Antti l'avait donnée à restaurer à des professionnels. Le moteur et les commandes avaient été révisés, le cuir des sièges lavé, la carrosserie repeinte et lustrée. Les pneus étaient neufs. Les chromes étincelaient sous le soleil d'été. Difficile de rêver mieux pour un dernier voyage !

La jeune chargée de mission de la société événementielle, Helena Kinnunen, soumit à Antti la liste des invités. Mille douze personnes avaient confirmé leur venue. La fête avait été annoncée dans *L'Ostrobotnie centrale*, la *Gazette suédoise* et le *Journal suédois de Botnie orientale*. Amis et connaissances avaient bien reçu le message. Jamais auparavant on n'avait organisé pareilles mondanités à Ykspihlaja.

Il s'agissait officiellement, ainsi que l'avait décidé Antti, de célébrer le cinquantenaire de sa société d'arrimage. Il avait certes commencé dans le métier près de dix ans plus tôt, mais le jalon du demi-siècle semblait plus solennel.

Les Marthe avaient cuisiné à l'avance les mets dont on régalerait les invités. On avait embauché pour les aider une vingtaine d'élèves, garçons et filles, des établissements professionnels de la région. Cuisiniers et cuisinières étaient vêtus de tabliers blancs, serveurs et serveuses de costumes folkloriques et extra de combinaisons jaunes imitant celles des dockers.

Bon nombre de personnalités locales étaient aussi attendues. Le préfet du département de Vaasa, le maire de Kokkola, les pasteurs des paroisses finlandaise et suédoise les présidents des organisations ouvrières, des Rotariens, des Lions, des représentants de tous les partis.

Les invités commencèrent à arriver peu après midi. Les voitures étaient si nombreuses qu'elles encombraient les deux côtés de la rue, de la villa jusqu'au port. Plusieurs autocars avaient aussi été affrétés pour la circonstance. Les seuls membres de la famille étaient près d'une centaine — enfants, petits-enfants, cousins éloignés de Tampere ou de Helsinki, ainsi qu'un bus entier de proches de Suoma venus de Kajaani. Émus, Antti et son épouse regardaient leur progéniture maintenant parvenue à l'âge mûr. Du beau monde. Teemu Kokkoluoto, devenu vice-président du comité électoral des sociaux-démocrates de Tampere, se distinguait par son élégance.

Le héros de la fête accueillit avec une joie toute particulière l'arrivée, sous la conduite de Kalevi Sorsa, de plusieurs de ses anciens collègues du parlement et du gouvernement. Il y avait là, encore une fois rassemblés, presque tous les ministres de la coalition de centre gauche ainsi qu'une vingtaine de députés maintes fois réélus. La fine fleur de la politique. Antti eut un pincement au cœur. Il allait aussi devoir dire adieu à ses vieux camarades.

À la table des ecclésiastiques trônait l'archevêque Mikko Juva, originaire de Kokkola, avec à sa droite le pasteur John Wickström, promis à lui succéder un jour, qui avait comme lui des attaches avec la ville, pour y avoir été à l'école. Déjà à la tumultueuse époque de la création du grand-duché de Finlande, d'ailleurs, l'archevêque était un enfant de Kokkola, Jacob Tengström, un prince de l'Église à la volonté de fer, profondément épris de justice.

De nombreuses célébrités nationales avaient également répondu à l'invitation de Suoma et d'Antti. Le critique Tuomas Anhava et le boxeur Olli Mäki discutaient de la signification des pétitions de principe, le journaliste Yrjö Lautela interviewait des poids lourds de la vie économique — l'armateur Toivo Aspia, le PDG Hans Olof Hansen, le banquier Bo Harald, le conseiller aux mines Matti Sundberg, les directeurs généraux Karsten Slot et Jere Lahti, le DRH Tom Källström.

Entre les comédiens Pia Hattara, Gunvor Sandqvist et Kalervo Nissilä, le coureur de haies Jouko Kuha, la chanteuse Anita Välkki, le musicien Erkki Ertama et le compositeur Erik Fordell, on ne comptait plus les stars ayant vu le jour à Kokkola ou à Ykspihlaja !

Le programme s'inspirait librement de la tradition séculaire des grandes fêtes d'été : discours, démonstration de gymnastique féminine, poèmes, musique de fanfare et bien sûr fastueux banquet.

On avait prévu, dans dix bols de quinze litres chacun, du punch préparé à base d'alcool de contrebande jadis importé dans les entrailles de batteuses agricoles.

Quarante grandes tables — fabriquées pour l'occasion, tout au long du printemps, par les élèves du lycée professionnel d'Ostrobotnie centrale — avaient été dressées dans le jardin et recouvertes de plus d'une centaine de nappes blanches. À 13 h 13 précises, quand les invités se furent assis à leurs places, Antti Kokkoluoto épaula le lourd fusil Lebel de son père et tira en l'air trois coups de feu dont l'écho roula longtemps dans le ciel sans nuage. Les cuivres de l'Harmonie du peuple d'Ykspihlaja célébrèrent la splendeur de l'été en jouant la *Marche de l'armée finlandaise.*

Le menu reprenait celui des banquets funèbres ostrobotniens du début du XXe siècle. En entrée, plats débordant de harengs, salades et sauces, viandes en gelée, museau de porc, langue bouillie et assortiment de fromages fermiers. En guise d'entremets, on servit du poisson froid, et comme plat principal de la viande au raifort. Les Marthe avaient aussi préparé des gratins de pommes de terre et de rutabagas, de la semoule d'orge, de la soupe d'airelles et de la crème fouettée en dessert. Tartes, gâteaux et café complétaient le repas. Il y avait naturellement sur toutes les tables de nombreuses corbeilles de dragées d'enterrement. Et comme boisson, du vin d'argousier, de la bière de ménage et de l'eau.

Toute la journée l'on fit bonne chère, l'on écouta des discours et l'on applaudit les exhibitions des gymnastes au corps ferme. Les mille invités convinrent à l'unanimité qu'il ne leur avait jamais été donné de participer à pareille fête, pas même à l'occasion des célèbres comices agricoles de Nivala. Mais l'on était bien sûr à Ykspihlaja, où l'on avait toujours su organiser des événements grandioses et mémorables, des émeutes aux bagarres villageoises et aux mariages.

Le soir tombait et Antti Kokkoluoto commençait à s'inquiéter sérieusement. Il se portait comme un charme, l'ambiance était euphorique. Pas le moindre signe de crise soudaine et encore moins de mort. Linnea Lindeman se serait-elle moquée de lui, tout compte fait ? En même temps, la réussite du banquet dépassait toutes ses espérances. Mais l'invité le plus impitoyable, la terrible faucheuse, n'était pas encore arrivé.

Antti s'était souvent imaginé comment il s'écroulerait, du bout de la table de fête, tel un gigantesque pin centenaire — basculant sur le flanc dans l'herbe tondue de près, avec poids, lenteur et dignité. Au dernier instant, il siérait de sourire de la vie avant de fermer les yeux. Mais le rideau refusait de se lever sur la scène finale.

Antti — sang chaud et nerfs d'acier obligent — ne se laissa pas abattre par l'adversité. Peu avant minuit, il chargea encore une fois son fusil à phoques et tira treize coups vers le ciel nocturne. Tout Ykspihlaja résonna du bruit des détonations finales. Les convives comprirent que le banquet était terminé et commencèrent à quitter les lieux. Les adieux et remerciements durèrent plus d'une heure.

Une fois les invités partis, Antti, dans la claire nuit d'été, se rendit seul à pied au cimetière, sur la tombe de la fiancée de sa jeunesse, Kerttu. Il y resta longtemps, à méditer sur sa vie et sur son destin, tentant de se rappeler la frêle silhouette, le regard et la nature d'âme de la disparue. Ses souvenirs s'étaient estompés, mais ce n'était pas un sentiment désagréable.

Linnea Lindeman était enterrée tout près. Antti regarda la stèle que Hanna avait fait poser en souvenir de l'accoucheuse. La malice de la vieille femme l'amusait. Croyait-elle seulement elle-même à ses étranges visions ? Peut-être, à moins que tout cela n'ait été qu'une innocente et cocasse escroquerie. Les femmes aiment mener les hommes par le bout du nez.

En quittant le cimetière, Antti jeta un coup d'œil à sa propre concession, acquise depuis déjà dix ans. À l'ombre d'un gros saule, le lieu semblait paisible. On n'y creuserait pas encore de fosse. Dommage. Le banquet d'adieu avait coûté cher. C'est ainsi. La vie n'est pas bon marché.

Il se jura que quand son heure sonnerait enfin, on l'enterrerait dans la plus stricte intimité. La fête avait été donnée.

Antti Kokkoluoto vit encore aujourd'hui.

Table

Composition Ütibi
Achevé d'imprimer
par CPI Firmin Didot,
à Mesnil-sur-l'Estrée, en avril 2010.
Dépôt légal : avril 2010.
Numéro d'imprimeur : 99748.

ISBN 978-2-207-26192-7/Imprimé en France.

172947